Stephan D. Yada- Mc Neal

Das Dorf der Tiere

oder

Tierisch - Kretisch

© 2020
Herstellung und Verlag: BoD – Books on Demand,
Norderstedt
ISBN: 978-3-7526-4850-8

Wer Tiere nicht liebt,

der liebt auch nicht Gott

(Altvater Paissios der Agiroit)

Einsam ist nur jener,
der es nicht genießt,
was ihm Gott
als Freunde schickt,
selbst wenn es Tiere sind

(Stephan D. Yada-Mc Neal
Kreta 2020)

Inhalt

Das Dorf der Tiere

Der Esel, das Pferd und die Schafe

Odyssea von der Platane

Pavlos, die Ameisen und die Vögel

Die Katzen vom Haus 48 oder wenn
Katzen berichten

Ein Hund namens Halloween

Der Jäger und der Kri Kri

Die Weihnachtsgans

Das Dorf der Tiere

„Mutter, willst du nicht doch endlich zu uns nach Paleochora[1] ziehen?"

Anna Patrakis blickte ihre Tochter mit einem fast schon giftigen Ausdruck an, denn kaum einer der letzten Besuche ihrer Tochter hier im Haus, in dem nicht dieses leidige Thema angesprochen wurde und in der alten Frau einen gewissen Ärger empor steigen lies, gegen den sie sich nicht erwehren konnte. Dieser eine Satz, wohlgemeint von der Tochter entwickelte immer einen Schauder, der sie, obwohl Hochsommer, frösteln lies.

„Was will ich denn dort? Dort wo so viele Menschen sind, die ich nicht kenne!" Fast schon zischend kam die Antwort aus dem Mund der Frau, während sie sich eine lästige Haarsträhne aus dem Gesicht wischte. „Der Ort ist mir so was von fremd geworden, seit dem die vielen Touristen dort durch die Straßen laufen. Ständig wird etwas Neues gebaut und man weiss gar nicht mehr wo man sich befindet, denn all die alten Häuser oder freien Flächen sind verschwunden." Energisch schüttelte sie den Kopf. „Die meisten meiner alten Freundinnen sind bereits weggezogen und da willst du mich dorthin schleppen?"

„Aber wir sind doch dort!" Katharina versuchte ein zaghaftes Lächeln in das Gesicht zu zaubern. „Deine Enkel sind dort."

---

1   Paleochora – Großgemeinde im Süden von Kreta und
     Verwaltungssitz von dem Stadtbezirk „Kandanos-Selino"

„Drei meiner Enkel, wohl bemerkt," unterbrach Anna schnell. „Die anderen sieben sind in Chania und Heraklion, wohin sich ja auch deine Geschwister verzogen haben."

„Dort gibt es Arbeit für sie und das ist doch das Wichtigste, wie du immer sagst."

„So wie für mich hier!" Anna schloss kurz die Augen, machte ein Kreuzzeichen über der Brust, atmete tief ein, bevor sie weitersprach. „Ich will niemanden zur Last fallen." Kurz verzog auch sie das Gesicht zu einem kleinen Lächeln. „Ihr habt euer Leben und ich das meine. Hier in meiner gewohnten Umgebung, wo ich jeden Stein, jeden Strauch kenne. Und in der Fremde würde ich eingehen, wie die Blume ohne Wasser."

„Mutter, wie alt bist du jetzt?" Kaum hatte Katharina die Worte ausgesprochen, hätte sie sich am liebsten auf die Zunge gebissen, denn mit allem konnte man mit Anna reden, nur nicht über deren Alter und schon gar nicht sie danach offen zu fragen. Und wie gewohnt reagierte die Mutter auf die ausgesprochenen Worte sehr ungehalten.

„Willst du mich vielleicht als alte, gebrechliche Fettel bezeichnen, mit deinen frechen Worten?" Scharf waren die Worte ausgesprochen, die bei Katharina landeten wie feine schmerzhafte Nadelstiche. „Oh Panagia[2], was habe ich verbrochen eine solche Tochter großgezogen zu haben, dass sie mich derart beleidigt?"

„Mutter," versuchte Katharina beschwichtigend zu unterbrechen, denn sie wusste was nun auf sie zukommen würde.

---

2   Panagia – Mutter Gottes

„Unterbrich mich nicht, ungezogenes Ding," fauchte Anna. „Deine Großmutter, Gott hab sie selig, wurde einhundertfünf und dein geliebter Großvater einhundert Jahre alt. Also habe ich noch einige Zeit übrig auf dieser Welt meine Füße auf den Boden zu stellen und auf ihr zu wandern." Ernst blickte sie die Tochter an. „Ich koche jeden Tag für mich selbst, achte auf mein Äußeres, wie ich es immer schon getan habe," dabei strich sie sich über das weiße Haar, dass bei dem hereinfallenden Sonnenlicht fast wie Seide glänzte, „ und außer der Wäsche, die du mir einmal in der Woche mit der neumodischen Waschmaschine wäscht, kann ich jede noch noch hier im Hause anfallenden Arbeiten selbst erledigen. Oder backst du mir vielleicht das Brot?"

Fast schon beschwörend hob Katharina die beiden Hände in die Höhe, was zu ihrer eigenen Überraschung tatsächlich den Wortschwall der Mutter unterbrach.

„Du lebst ganz alleine hier im Dorf. Keiner ist mehr hier."

„Ich und alleine?" Anna lacht auf. „Geht`s noch? Meine Eltern liegen hier, dein Vater, unsere ganze Verwandtschaft."

„Ja, auf dem Friedhof!" rutschte es Katharina heraus.

Himmel, dachte sie sich, passe auf was du sagst, die Mutter bekommt das nur wieder in den falschen Hals und ich muss sehen, wie ich aus diesem Ärger wieder heraus komme. Aber ehrlich die ist so stur wie ein alter Maulesel. Langsam fehlen mir die Worte.

„Ja, auf dem Friedhof," wurde der Gedankengang von Katharina durch die Worte der Mutter unterbrochen.

„Doch sag mir, wer soll sich dann um die Gräber kümmern, die alte Kirche sauber halten, damit einmal im Jahr die fortgelaufene Bagage sich hier den Bauch vollschlagen kann und auf Gläubige machen können?" Anna schüttelte energisch den Kopf. „Wer schneidet die Hecken zurecht, befreit den Friedhof von Unkraut, damit es nicht alles überwuchert und eines Tages die Leute nicht mehr kommen und die Toten vergessen werden?"

„Wir können dich doch ein Mal in der Woche hier her bringen, damit du dich um den Friedhof kümmern kannst."

„Sonst noch was?" Anna lachte jetzt etwas bissig. „Dein Göttergatte, der sonst zwei linke Hände hat, wenn es um die Gartenarbeit geht, würde mir ständig sagen wollen, was ich zu tun habe und darauf habe ich keinerlei Lust." Das Bellen eines Hundes unterbrach die Rede von Anna und diese warf einen raschen Blick aus dem Fenster. „Und was ist mit den Tieren? Wer soll die versorgen."

„Himmel, Mutter, das sind Tiere. Die werden schon ohne dich zurecht kommen."

„Du willst ein Rechtgläubiges Mädchen sein und spottest mit deinen Worten dem Agios Paissios".[3]

„Wieso spotte ich dem Altvater." Katharina war etwas verwirrt, denn nie hatte sie die Absicht mit irgendwelchen Worten einen der Heiligen zu verspotten und so sah sie ihre Mutter mit großen Augen an.

---

3   Agios Paissios der Agiroit war ein Mönch der durch seinen Lebenswandel und seinen vielen Schriften einen besonderen Stellenwert in der Griechisch-Orthodoxen Kirche einnimmt.

„Magst du Hunde oder Katzen" fragte Anna obwohl sie die Antwort längst kannte.

„Nein, ich mag weder Hunde noch Katzen, denn für mich sind das lässige Mitesser, die einem ständig mit ihrem Gekläff oder Gemaunze auf die Nerven gehen. Zudem machen sie nur Schmutz und sind eigentlich zu nicht zu gebrauchen, außer zur Verwertung der Essensreste."

„Du liebst also keine Tiere."

„Nein," antwortete Katharina fast schon genervt.

„Agios Paissios sagte folgendes und das mein Kind merke dir sehr gut. Menschen die keine Tiere lieben, lieben auch nicht Gott."

„Mutter, dieser Vergleich ist an den Haaren herbei gezogen, nur damit du unserem Thema ausweichen kannst."

„Oh, nein. Wenn ich mich nicht um die zurückgelassenen Hunde und Katzen kümmern würde, würde ich Gott beleidigen. Und somit kann und werde ich den Ort nicht verlassen." Mit ihrer knochigen rechten Faust schlug sie leicht auf den Tisch. „Und damit ist der Fall für mich erledigt." Es folgte ein scharfer Blick in Richtung der Tochter, die immer noch über die Worte des Heiligen nachdachte. „Und ich will dieses leidige Thema hier nicht mehr mit dir erörtern. Ich bleibe hier und damit basta. Habe ich mich klar und deutlich ausgedrückt?"

Endlich war wieder die Ruhe im Ort eingekehrt, wie sie Anna liebte. Katharina hatte das Haus mit der Wäsche verlassen, begleitet von dem ausgiebigen Gebell zweier Hunde, die jedoch in sicherem Abstand zu dem Auto geblieben waren, jedoch, kaum dass sich dieses in Bewegung setzte hinterher sprangen, um nach Hundeart dieses Ding da, zu verbellen. Anna konnte sich bei diesem Anblick ein kleines Schmunzeln nicht verkneifen, denn fast schon bildlich sah sie den Gesichtsausdruck ihrer Tochter, die sich jedes Mal fürchterlich darüber aufregte.

Doch wie gesagt, nun lag Stille über dem Ort, nur einige der in den zahlreichen Bäumen und Büschen versteckten Vögeln gaben ihre Laute von sich und so genoss es Anna mit aller Ruhe sich ihren geliebten griechischen Kaffee auf dem kleinen Gaskocher zuzubereiten. Schnell lag der Duft des Getränks in der Luft und als wäre es ein Zeichen für Stella, der weißen Hündin trat diese in die kleine Küche, legte sich unter den Tisch und beobachtete wie immer das Tun der Frau.

Stella hatte ursprünglich dem Nachbarn Polichronos gehört, doch nach dessen Tod wollte sich keiner der Verwandten um die sanfte Hündin kümmern. Jeder fand schnell eine Ausrede und so war es Anna, die dem feinfühligen Wesen, anders kann man den Charakter dieser Hündin nicht beschreiben, ein neues Zuhause bot, das dankbar angenommen wurde.

Das Haus von Anna war ihr nicht fremd, denn schon als kleine Wellpin pendelte sie eifrig zwischen den beiden Anwesen hin und her, die nebeneinander lagen und deren Gärten keine lästige Mauern oder gar Metallzäune trennten. Wozu auch, keiner nahm dem Anderen etwas weg, ganz im Gegenteil, man teilte gerne mit dem Nachbarn, der früher Stundenlang mit Adonis, dem verstorbenen Ehemann von Anna im schattigen Innenhof saß und sich mit Verbissenheit um den Sieg beim Tavli-spiel[4] kämpften.

Anna saß dann auf der steinernen Bank, die am Haus angebracht war um an eine der vielen in ihrem Leben gefertigten Tischdecken zu sticken und Stelle legte sich neben sie, zufrieden mit sich und der Welt. Und nichts hatte sich in all den Jahren geändert. Saß Anna auf der Bank, so dauerte es nicht lange und auch Stella lag dort.

Der duftende Kaffee war fertig und Anna trug ihn an den alten hölzernen Tisch, der noch von den Großeltern angeschafft war setzte sich und Stella nahm ihren gewohnten Platz unter dem Tisch ein. Die rechte Hand an der kleinen feinen Porzellantasse, die der Vater einmal aus dem fernen Athen mitgebracht hatte, was schon so lange zurück lag, dass sich Anna nicht mehr an das Jahr erinnern konnte und die linke Hand, ging wie gewohnt unter den Tisch, wo Stella den Kopf entgegen streckte um die gewohnten Streicheleinheiten zu empfangen. Also alles wie gewohnt, für beide. Und anders hätten sie es sicherlich auch nicht haben wollen. Es war einfach eingespielt und wäre es stockdunkel gewesen, nicht anders wäre es abgelaufen.

„Ach Himmel," langsam stand Anna auf, denn sie wusste genau wie Stella bei hektischen Bewegungen reagieren würde. „Jetzt hab ich doch tatsächlich meine Medizin vergessen." Ein leises Kichern entsprang der alten Frau, als sie zu dem Küchenschrank ging, sich auf dem Weg dort hin ein kleines Glas schnappte, um sich

---

4   Tavli - Griechische Bezeichnung für das Backgammon-Spiel

den darin befindlichen braunen Tonkrug mit Raki[5], herauszunehmen.

„Trinke täglich drei Mal Pharmago[6] und du wirst hundert Jahre alt, hatte die Mutter immer gesagt." Fast schien es so, als würde sie diese Worte nicht zu sich sondern zu Stella sprechen, denn diese wiegte den Kopf hin und her, als wollte sie sagen: „Naja, ob das bei Hunden auch wirkt?"

„Und wie Recht sie doch hatte," sprach Anna weiter zu sich, setzte sich wieder auf den doch schon leicht wackelig gewordenen Stuhl und schenkte sich ein Gläschen ein, dass sie in kleinen Schlücken leerte."

Sonst, wenn es etwas zu Essen oder Trinken gab, lugte Stella von ihrem Platz nach oben, ob vielleicht doch der eine oder andere Bissen, rein zufällig nach unten gefallen kam. Doch der Geruch des Raki gab ihr die Gewissheit, im Augenblick etwas leer auszugehen. Aber auch das gehörte zu ihrem Ablauf und doch bestand halt immer die Hoffnung, es könnte sich mal etwas ändern.

„Ach da schau her, seine Gnaden der Herr Raki macht seinem Namen mal wieder alle Ehre."

Auf der Türschwelle saß ein dunkelgrauer Kater, der in diesen Momenten wirkte, wie eine dieser ägyptischen Katzenstatuen und dessen Blick zwischen Anna und Stella hin und herwanderte.

Wie kann man einen Kater nach einem alkoholischen Getränk benennen, wird sich der eine oder andere

---

5   Raki – Tressterschnaps. Auf dem Festland auch Tsiprio genannt und ist nicht mit dem türkischen Raki, der aus Anis hergestellt wird zu verwechseln.
6   Pharmago – griechischer Ausdruck für alle Arten von Medizin

sicherlich schon gefragt haben. Aber es hatte mit dem jeweiligen Erscheinen des Katers zu tun, der ausgerechnet, darauf konnte man fast schon eine Wette abschließen, wenn Anna am Tisch saß und vor sich das Glas Raki hatte, dann er schien er prompt.

Solange Anna am Tisch saß, gab Raki keinen Ton von sich, blieb auf der Türschwelle sitzen und wartete ab, bis sich die Frau endlich erhob. Geschah dies, gab es ein kurzes Miauen, dann stieß der Kater zuerst Anna mit dem Kopf an, rieb sich kurz an deren Beine um dann zu Stella zu gehen und die Hündin begrüßte.

Die Beiden waren zusammen aufgewachsen, im gleichen Alter, den Polychronos hatte die beiden Tiere damals zusammen aus einem anderen Dorf mitgebracht, wo sich keiner um die Kleinen kümmerte. Und wie Polychronos immer gerne erzählte, erweichte es sein Herz, wie Hund und Katze zusammen in der Sonne lagen, eng aneinander geschmiegt, sich gegenseitig Halt gaben, was sie auch Heute noch, nach all den Jahren immer noch gerne machten. Einfach zusammen in der Sonne liegen und die Gemeinsamkeit genießen, mit sich gegenseitig abschlecken und liebkosen.

Vereint, nebeneinander sitzend, beobachteten sie Anna, die wie gewohnt, bevor sie das Haus verließ, dich an den Spiegel stellte, der gleich neben dem Eingang an der Wand hing, nach der Bürste griff, sich das Haar ordentlich durcharbeitete und zufrieden dann die Bürste wieder auf das Brett legte.

„Da nennt mich die freche Göre eine alte Frau und was sehe ich, wenn ich in den Spiegel sehe? Ein etwas ältere Dame, die gut und gerne noch auf dem Heiratsmarkt eine Chance hätte." Anna drehte sich kurz zu den wartenden Tiere. „Und was meint ihr? Kann ich so aus dem Haus gehen?"

Natürlich kam kein Widerspruch, wie sollte er auch, den täglich war es der gleiche Ablauf. Das Kämmen der Haare, der kritische Blick, dann der Griff zu der reichlich dekorierten, kretischen Umhängetasche, in der für die anderen Tiere bereits das Futter verstaut war und schon konnte man den täglichen Rundgang durch das Dorf beginnen.

Raki war schon ein etwas eigenartiger Kater, wenn man das mal so in den Raum stellen will. Nie bettelte er in Annas Haus nach Futter, denn für ihn gab es nur den einen Platz, den im Hof von Polychronos Haus. Selbst nach dessen Tod bemühte sich Anna vergeblich ihn zu sich in das Haus zu holen. Raki bestand auf seinen Platz, selbst wenn man ihm einen gefüllten Napf vor die Nase stellte. Aber daran hatte sich Anna längst gewöhnt und sie machte sich schon lange keine Gedanken mehr darüber. Katzen haben halt ihren eigenen Kopf dachte sie sich lediglich und füllte den Napf mit dem vom Tierarzt bereitgestellten Trockenfutter. Dann noch frisches Wasser in den tönernen Topf eingießen und warten bis Raki sein Mahl beendet hatte. Denn auch darauf bestand der Kater. Bei einem anderen Vorgang hätte er lauthals seinen Protest kund getan.

Wie gewohnt setzte sich Anna auf die hölzerne Bank, die Polychronos noch zu Lebzeiten seiner Frau hier in den Innenhof seines Hauses stellte und wartete gemeinsam mit Stella auf den Kater. Nie hätte sie es gewagt ihren Rundgang ohne den Raki zu unternehmen, bis zur en´ewigen Steinzeit wäre er ihr Gram geworden und das wusste zu Frau zu gut, denn einmal hatte sie dies gemacht und erlebte den Kater von einer anderen, einer eingeschnappten Seite, wie sie es sich hätte niemals vorstellen können.

Kaum mit dem Mahl geendet, begann er sich nach Katzenmanier zu putzen. Intensiv, gerade so als wolle er sich für die auf ihn wartenden Katzendamen schön machen obwohl man ihm schon vor Jahren die Männlichkeit genommen hatte. Anderenfalls wäre der Ort übersät von den Nachkommen des Katers. Gab eh schon genug hier und Anna fragte sich immer wieder wo denn plötzlich die streunenden Katzen herkamen. Manchmal hatte sie das Gefühl dass manche der nur wenige Kilometer entfernten Kandanos hier heimlich ihre Katzen aussetzten, wohl wissend, dass es ja die Anna hier gab, die sich um sie kümmern würde.

Anna war wirklich dankbar über die Freundschaft mit Jannis, dem Tierarzt, der nicht nur einmal im Monat die leidigen Kastrationen an Hunden und Katzen durchführte, sondern auch aus irgendwelchen Spendengeldern das Futter für Anna besorgte, dass sonst die gesamte kleine Rente der Frau aufgefressen hätte. Doch so sagten sich die Beiden immer wieder, eine Hand wäscht die Andere. Anna kümmerte sich um die Tiere und der Arzt war nicht immer wieder gezwungen die Behörden zu bemühen, wenn mal einer der Bauern nicht mit seinen Hunden entsprechend umging. Jeder wusste in der Umgebung wohin man sich wenden konnte und oft kamen der eine oder andere Hundebesitzer und fragte bei Anna nach, natürlich mit dem entsprechenden kleinen Obolus, ob wohl noch Platz für ihren Hund hier im Ort wäre. Sicherlich antwortete Anna immer verschmitzt, obwohl sie sich nicht immer sicher war, ob es dem Hund hier dann auch gefallen würde. Doch bislang schien jeder der Ankömmlinge mit seinem Schicksal zufrieden zu sein.

„Nun, haben der Herr seine Morgentoilette beendet," fragte Anna, nachdem sich Raki vor ihr aufgebaut hatte und mit einem lauten Miauen kund tat, es sei doch an der Zeit den Rundgang fortzusetzen.

Die Treue von Stella war für Anna immer wieder bewundernswert. Kaum das sie durch das Eisentor des Friedhofes gingen, schon lief Stella ohne Umschweife direkt zum Grab von Polychronos legte sich so davor das ihr Blick auf das Grabmal fiel. Den Kopf auf die Vorderbeine gelegt harrte sie dort aus bis Anna zu ihr und dem Grab kam.

Die Frau hatte es sich angewöhnt, gerade wegen dem Verhalten von Stella das Grab von Polychronos als letztes in Augenschein zu nehmen, das Öl in der kleinen Laterne zu erneuern, einen neuen Docht anzünden, die weißen Marmorplatten von Laub und Staub zu reinigen, die Blumen zu gießen oder zu erneuern und ein kurzes Gebet für den Verstorbenen zu sprechen.

Vorher war sie durch die Reihen gegangen, sah nach dem Rechten, blieb einige Zeit vor dem Grab ihrer

Familie stehen und leise berichtete sie, gerade so als würden ihr Mann und die Eltern noch leben, was sie seit dem gestrigen Tag alles gemacht hatte. Natürlich blieb die Geschichte mit der Tochter nicht unerwähnt.

„Glaubt die doch tatsächlich ich würde so mir nichts dir nichts von hier weggehen und euch und all die anderen im Stich lassen. Da hat sie die Rechnung allerdings ohne mich gemacht." Leise kicherte sie auf, machte ein Kreuz über der Brust und gefolgt von Raki, der stets an ihren Füßen regelrecht klebte, setzte sie ihren Rundgang fort.

Am Heutigen Tage war sie sehr zufrieden, im Gegensatz zu den letzten Tagen, wo der warme Südwind wieder den Sand der Sahara auf die Gräber wehte und mit einer feinen Staubschicht bedeckte, die sie dann mit dem Handfeger beseitigen musste.

Über ihr in den Bäumen sangen einige Vögel, die sich von der Anwesenheit der Frau in keinster Weise gestört fühlten. Ganz im Gegenteil. Zwei kleine Spatzen flogen auf das nächste Grab, beäugten Anna und warteten darauf das rein zufällig, was ja immer so war, aus der Westentasche der Frau etwas Brotkrumen zum Vorschein kamen, die diese auf einen flachen Stein neben dem Grab legte.

„Na, ihr zwei? Wie geht es euren Jungen." Anna blickte nach oben, dort wo sich das kleine Nest der Vögel befand und das leise Gezwitscher verriet ihr, das es den Jungen anscheinend sehr gut ging und wie es die Art von jungen Vögeln war, ständig nach Futter riefen.

Raki saß keine zwei Meter von den beiden Vögeln entfernt, doch nie wäre er auf die Idee gekommen, diese zu jagen. Ja Mäuse und Ratten waren vor dem Kater nicht sicher, da konnte er eine Schnelligkeit entwickeln, die man bei dem sonst so träge wirkenden Kater nicht vermutete. Doch bei Vögel war es einfach anders, hatte einen anderen Hintergrund.

Einst, so erzählte Polychronos der Anna, lag der noch ganz junge Kater in der Sonne auf einer Steinmauer und genoss die wärmenden Strahlen. Unvermittelt flog eine Krähe auf den Kater zu, landete zur Überraschung von allen, vor allem von Raki auf dessen Rücken und begann eifrig in dessen Fell nach Läusen, Flöhen oder sonstigem Ungetier zu suchen. Raki genoss die Behandlung sichtlich, schnurrte was sein Brustraum herausbrachte, rührte sich keinen Millimeter und lies den Vogel schalten und walten. Immer wieder kam es zu dieser Begegnung und es scheint die Ursache zu sein, warum Raki niemals eine Jagd auf die Vögel machte, denn es hätte ja eines von diesem Federvieh auf die Idee zu kommen, den Kater mit seinem spitzen Schnabel zu verwöhnen. Die Freundschaft von Tieren, so sagte sich Anna immer wieder ist unergründlich, ganz im Gegensatz der des Menschen.

Wenn es Winter war, kalt, nass, unangenehm, keine Fliegen, Mücken oder kaum Würmer zu finden war, dann war die Zeit gekommen, wo sich die Vögel bei Annas Haus sammelten und darauf warteten, mit Sonnenblumenkernen, Körnern und anderem leckerem Zeug versorgt zu werden. Dann setzte sich die Frau ans Fenster der Küche, blickte hinaus und erfreute sich an dem regen Treiben das sich vor ihren Augen abspielte. Insgeheim dankte sie jedes mal der Mutter Gottes für dieses Geschenk und das waren dann auch die Momente, wo sie sich niemals, selbst in kalten Wintertage hier in diesem Ort alleine fühlte.

Stella erhob sich von ihrem Platz, als Anna den Handfeger in den kleinen Eimer legte und damit kundtat, dass sie mit der Reinigung des Grabes von Polychronos fertig war. Stelle ging einmal um das gesamte Grab herum, schnüffelte, rieb ihr Fell an dem Grab und schien zufrieden zu sein, als sie mit wedelndem Schwanz zu Anna trat.

„Na, mein gutes Mädchen, habe ich alles zu deiner Zufriedenheit gemacht?" fragte Anna die Hündin wohl weißlich, dass sie darauf keine wirkliche Antwort bekam. Doch das Anschmiegen an ihre Beine war Antwort genug und so verließen, Anna, Stella und der Kater den Friedhof, wie sie es jeden Tag, bei Wind und Wetter taten.

Vor der alten, ehrwürdigen Kirche stand eine kleine Gruppe von Wanderern. Nichts ungewöhnliches in dieser Jahreszeit, denn die Kirche stand in einem der zahlreichen Wanderführer und einer der vielen Wanderwege, die ganz Kreta durchzogen, ging direkt an diesem Ort vorbei, so dass sich Anna über diesen überraschenden Besuch nicht sonderlich verwundert war.

„Kali Mera[7] Jaja[8]" begrüßte einer der jungen Männer, der wohl der Reiseleiter dieser Gruppe war die

7   Kali Mera – Guten Morgen
8   Jaja – griechische Anrede für Großmutter oder Oma.

Frau, die sich jedes mal geschmeichelt fühlte, wenn die jungen Leute sie mit dieser Bezeichnung begrüßten. Ja, sie war mehrfache Oma und warum sollten dann die jungen Leute sie nicht auch so ansprechen. Nichts dagegen einzuwenden, hatte sie sich schon seit vielen Jahren gesagt.

„Kali Mera," antwortete Anna. Stella setzte sich neben ihr und Raki zog es vor, da er die Fremden nicht kannte, seinen sicheren Platz zwischen den Beinen der alten Frau zu suchen. „Schon unterwegs bei solch einem schönen Wetter?"

„Ja, sicher. Wir wollen heute noch bis Paleochora laufen. Doch vorher wollten wir eigentlich noch einen Blick in die Kirche werfen. Doch leider ist sie verschlossen," antwortete der junge Mann.

„Da könnt ihr doch von Glück reden, dass ich gerade hier vorbei gekommen bin." Anna suchte in ihrer Tasche und zog einen uralt Schlüssel hervor.

„Wenn ihr Anna seid, so waren wir schon an eurem Haus und hatten schon befürchtet, die Hüterin des Schlüssels nicht anzutreffen."

„Wie ihr seht, bin ich hier und soll euch wahrscheinlich auch noch Einlass gewähren?"

„Oh Doxa Theos[9], das wäre wirklich sehr nett."

Anna warf einen seltsamen Blick auf die beiden jungen Mädchen, die in der Gruppe mitwanderten und in Shorts so vor ihr standen. Aber ihr Blick sagte alles. Schnell nahmen sie ihre Rucksäcke von den Schultern, öffneten diese kurz, zogen ein Tuch heraus, dass sie dann um die Hüften legten.

---

9   Doxa Theos – Gott sei dank

Die alte Frau war zufrieden, dachte sich, dass die Mädchen, egal was man heute auch von ihnen sagen möchte, doch noch immer wussten, was sich gehörte und wie man sich zu kleiden hatte, wenn man eine Kirche betrat.

Eine ganz andere, schlechte Gelegenheit hatte sie einmal in Chania miterleben müssen, als sich eine aufgetakelte, in den Schminktopf gefallene Touristin fürchterlich darüber aufregte, weil man ihr den Zugang zur Kirche verwehrte. Doch diese war lediglich mit einer Art dieses neumodischen Bikini bekleidet, dazu noch diese seltsamen aus Plastik bestehendem Schuhwerk, mit dem seltsamen Namen und wollte einfach nicht verstehen, warum der Mann an der Pforte sie nicht einlassen wollte.

Nun aber, nachdem die beiden Mädchen ihre Beine verdeckt hatten, dazu noch jeweils eine kleine Weste über die nackten Schultern gelegt hatten, sah Anna keinen Grund die jungen Leute nicht in die Kirche zu lassen.

Laut erklang das Schließgeräusch der alten Türe und mehrmals musste Anna den Schlüssel drehen, bis das Schloss endlich den Weg frei gab zur Kirche. Während sich die jungen Leute in andächtiger Weise, anders kann man es fast schon nicht mehr beschreiben, in das Innere der Kirche begaben, konnte sich Anna um die schon wartenden Katzen kümmern, denn die Kirche mit ihrem kleinen Vorplatz war der Platz der Katzen, die sofort auftauchten, kaum das sie die Stimme von Anna vernahmen.

Zunächst noch etwas zurückhaltend, wegen den fremden Menschen, dann aber wie die Wilden sich über das ausgestreute Futter hermachend, dass Anna an verschiedenen Stellen auslegte. Raki, der eigentliche Katerherr des Dorfes begrüßte seine Artgenossen auf Katzenart und Anna setzte sich auf die steinerne Bank, die an der gesamten Umfassungsmauer des Kirchhofes angebracht war. Natürlich nicht ohne Stella, die wie es der Brauch war, sich neben Anna auf die Steinbank legte und dem Treiben der Katzen zusah.

Mit etwas Wehmut betrachtete Anna die Katzen, denn zusammen mit Jannis dem Tierarzt hatten sie vor Jahren beschlossen, damit nicht zu viele Katzen in dem Ort vorhanden waren, sowohl die Kater, als auch die Kätzinnen zu kastrieren, damit keine neuen, jungen Katzen auf die Welt kamen. Und doch, Anna vermisste das etwas ausgelassene Spiel der jungen Katzen, doch war es besser so.

Aus der Kirche, was Anna nun vollkommen überraschte erklang das Vater Unser und die alte Frau musste sich eingestehen, alles, nur nicht dieses erwartet zu haben. Doch die Menschen, so sagte sie sich in diesen Momenten haben immer wieder die Fähigkeit einen angenehmer Weise zu überraschen.

Ganz ihrer Gewohnheit folgend, nach dem ausgiebigen Mahl und der eifrigen Putzaktion des flauschigen Felles, kam eines nach dem Anderen zu Anna, stupste sie kurz mit der Nase an oder rieb das Fell an den Beinen der Frau. Dann suchte sich jede ihren Platz an der Sonne, alleine oder zusammen geschmiegt mit anderen Katzen, je nach Mentalität.

Waren die Katzen zufrieden, dann war es auch Anna, die trotz ihres hohen Alters noch sehr gut hörte und nun ein kleines Lächeln auf den Lippen hatte, denn wohlklingend in ihren Ohren war das Aufschlagen der Münzen in dem Opferstock.

Mit langsamen Schritten kamen die jungen Leute wieder aus der Kirche, blieben einen Moment an der Türschwelle stehen, drehten sich nochmals in Richtung des Innenraumes, machten ein Kreuzzeichen, bevor sich jeder daran machte, den abgestellten Rucksack wieder zu schultern. Anna stand auf, ging gemächlich zu der Kirchentür, warf einen Blick hinein, bemerkte die angebrannten und gelöschten Kerzen und verschloss die knarrende Tür wieder.

„Anna," sprach sie der junge Reiseleiter an, „man hat uns berichtet, dass der Brunnen an eurem Haus das wohlschmeckendste Wasser der ganzen Gegend habe. Wäre es uns erlaubt, dort unsere Wasserflaschen zu füllen?"

„Sicher." Anna wusste aber auch genau was dann an ihrem Haus geschehen wird und insgeheim freute sie sich über diese Art von Gesellschaft. Irgendwie hatte es sich einfach eingebürgert, dass man dann im Innenhof von Annas Haus zusammen saß, Wein aus dem Keller geholt wurde, etwas von dem selbstgemachten Schafskäse, Oliven, Gurken und das bekannte Patzamakis serviert wird. Dann war das Kafeneion Anna kurzzeitig geöffnet und etwas Kleingeld kam dabei auch wieder heraus.

Die jungen Leute saßen fröhlich zusammen, auch wenn es auf dem Weg zu Haus für Manche von ihnen ein gewisser Schrecken aufkam, als plötzlich einige Hunde wie aus dem Nichts erschienen und sich auf den gepflasterten Weg stellten und eifrig mit dem Ruten wedelten. Die Wandergruppe konnte ja nicht ahnen, oder wenigstens hatte es ihnen niemand gesagt, dass nun die Zeit der Fütterung angebrochen war.

Teilweise neugierig, teilweise verängstigt, so standen sich die Beiden Gruppen zunächst gegenüber. Doch es legte sich schnell, als Anna an die gewohnten Plätze das Futter verteilte, dabei fast von den Hunden umgeworfen wurde, da sie in ihrer Freude an ihr hochspringen wollten.

Mancher der Hunde kam näher schnüffelte interessiert an den Menschen, die auch schnell ihre Scheu vor den Tieren verloren. Außer einem der jungen Mädchen, ihr schienen die Hunde nicht zu behagen und so schlich sie sich an der Gruppe vorbei in Richtung von Annas Haus und blieb in der für sie scheinbar sicheren Entfernung stehen.

„Die mag keine Tiere," flüsterte der Reiseleiter leise in das Ohr von Anna. „Die kommt aus Athen."

„Stadtkinder halt!" War die lapidare Antwort von der Frau. „Sind halt den Umgang mit Tieren nicht gewöhnt.

„Wie wahr," leicht lachte der junge Mann auf. „Auf dem Weg hierher mussten wir durch eine Schafherde gehen. Das hättest du sehen sollen," leicht schüttelte er den Kopf. „Man hätte meinen können, sie habe Angst von den Schafen als Futter angesehen zu werden, so ängstlich hatte sie sich benommen. Natürlich ganz zu unserem Spaß, muss ich ehrlich gestehen." Kurz blickte er in die Richtung des Mädchen. „Habe ja schon viele Wandergruppen geführt, aber sie hat dabei wahrlich den Vogel abgeschossen. Selbst vor einem Salamander machte sie einen Sprung zu Seite, als habe sich eine Schlange ihr in den Weg gelegt."

Anna schüttelte nur leicht den Kopf und setzte sich in Bewegung, Stella auf der einen Seite und Raki aus der anderen, gefolgt von den jungen Leuten, die diese Dreisamkeit ehrlich bewunderten.

Für das Mädchen aus Athen gab es dann nochmals vor Annas Haus die Schreckmomente, als die zweite Horde der Hunde, die stets bei Anna sich in der Nähe aufhielten, mit lautem Gebell und Schwanzwedeln die ankommende Gruppe begrüßte. Wie eine Salzsäule blieb das Mädchen stehen und ein leichtes Zittern durchfuhr ihren Körper, so dass sich die alte Frau gezwungen sah, sie energisch am Arm zu packen und mit sich und das mitten durch die freudige Hundemeute, in den Innenhof zu ziehen, wo sich das verschreckte Ding schnell auf die steinerne Bank setzte und nicht verstehen wollte, was gerade geschah. Kein Biss, kein Fauchen, nichts was sie sich ausgemalt hatte, sondern nur Tiere, die sich freuten.

„So, erst die Hunde, dann der Mensch," sagte Anna und wies mit einer Hand auf die Stühle und die Bank. „Sind die Tiere zufrieden, dann bin ich es auch."

Ein leises Lachen kam von dem Reiseleiter.

„An ihr ist eine richtige Philosophin wahrlich verloren gegangen," fügte ein anderer der Wanderer in das aufgekommene Lachen der Gruppe.

„Oh, nein," Anna lächelte den jungen Mann an. „Philosophen sind Menschen, die ihr Leben lang nur dafür leben zu denken und dabei allerdings vollkommen vergessen, was Leben heißt. Da bleibe ich lieber die einfache Anna und genieße das Leben."

„Seht ihr, doch eine Philosophin"

Anna winkte ab, ging kurz in die Küche und kam mit einem großen Eimer voll Trockenfutter heraus. Gefolgt von den Hunden verteilte sie das Fressen vor dem Haus in die bereitstehenden Blechschalen, ging dann noch zum Brunnen, öffnete den Hahn, so dass über eine kleine Leitung das Wasser für die Tiere in eine große tönerne Schale fließen konnte. Erst nachdem alle Köpfe der Hunde über den Schüsseln waren, war auch Anna zufrieden und konnte sich nun den jungen Menschen widmen, die interessiert sich in dem Innenhof umsahen.

War es nun ein Innenhof oder doch ein kleines Museum. Keiner der Besucher hätte es wirklich sagen können, doch schon der Vater von Anna, dann ihr Ehemann hatten eine Leidenschaft darin gefunden all die Gegenstände zu sammeln, die für den bäuerlichen Haushalt oder der Landwirtschaft so von Nöten waren und nun hingen oder Standen diese Sachen in den Innenhof und bildeten, neben den sorgsam gepflegten Blumen von Anna ein harmonisches Bild der Eintracht, dass jeder Besucher bestaunte.

Aber in dem geräumigen Haus gab es noch andere Zimmer, die davon zeugten, wie die Menschen vor vielen Jahren hier auf der Insel lebten. Da gab es ein kleines elterliches Zimmer, wo die Wiege neben dem Bett stand, auf der großen Kommode die Waschschüssel und daneben die mit Email verzierte Wasserkanne. Das kaum gebrauchte Wohnzimmer des Hauses zeugte von der einstmals vorhanden Wohlhabenheit des Hauses und wer in die Küche kam, konnte sich vor Erstaunen kaum satt sehen, an all den verschiedenen Gegenständen, die auch noch wirklich im Gebrauch von Anna waren, denn manche traditionellen Gerichte schmeckten einfach besser, so die Meinung von Anna, wenn sie auch auf traditioneller Art und mit deren Gegenstände angerichtet werden.

Doch das war die Welt von Anna, die sie um keinen Preis der Welt hätte missen wollen. Hier fühlte sie sich sicher, geborgen, kannte jeden Gegenstand, selbst wenn sie blind gewesen wäre, sie hätte genau gewusst wo was zu finden ist. Warum also sollte sie diesen Ort verlassen, dachte sie sich während sie genüsslich den griechischen Kaffee auf dem alten Ofen herrichtete und so in ihren Gedanken versunken war. Nein, dies war ihre Welt, in der sie geboren, aufgewachsen war, in der ihr Mann eingetreten ist, ohne eine Fremdkörper zu sein, denn auch er liebte diese alte Lebensweise, die so viele der jungen Menschen heutzutage scheinbar gedankenlos ablehnten.

„Sag Jaja, ist es nicht sehr einsam hier, so ganz alleine in diesem Ort" fragte der junge Wanderführer, als Anna den Kaffee und die kleinen Mesas[10] auf den Tisch stellte.

---

10 Mesas – kleine Gerichte, die entweder zu Kaffee oder Wein und Raki serviert werden. Jede der kretischen Frauen hat da so seine eigene Rezepte, das man diese nicht allgemein beschreiben kann.

„Bin ich denn alleine hier." Anna wies auf Stella und Raki, der sich still und klamm heimlich zu dem jungen Mädchen aus Athen geschmiegt hatte, die zunächst erschrocken war, doch aber durch die liebliche Art des Katers langsam ihre Scheu vor den Tieren verlor und hin und wieder den gurrenden Kater mit einer kleinen Streicheleinheit bediente. „Wahrlich, mein junger Mann, ich bin nicht alleine. Einundzwanzig Hunde, neun wohlgeratene Katzen, sieben Gänse, acht Kaninchen und sogar Störche gesellen sich zu mir und da spricht jemand von Einsamkeit?"

„Störche? Hier in diesem Ort?" Der Wanderführer zog erstaunt die Augenbrauen hoch.

„Kommt, ich zeige sie euch." Mit einer einladenden Bewegung forderte sie die jungen Leute auf mit ihr zu kommen, was allerdings etwas den Unmut von Raki weckte, der gerade dabei war auf dem Schoß des Mädchen ein kleines Nickerchen zu machen.

Aber so sind Menschen nun einmal dachte er sich sicherlich und legte sich neben Stella, die keinen Grund sah, der Menschenhorde zu folgen. Sie döste lieber in der Sonne, die warm auf ihren Platz schien und genoss das Hundeleben, das hier, bei Anna ganz anders war, als jene Leben, von denen die anderen Hunde auf ihre Weise ihr berichteten. Sie hatte also den Glückstreffer gezogen und schon war sie im Reich der Hundeträume entschwunden.

Durch ein Tür führte ein länglicher Gang unter dem oberen Stockwerk hindurch, vorbei an einem Lagerkeller, in dem Anna das Hunde- und Katzenfutter stapelte, um dann in Annas sorgsam gepflegten und wohlriechenden

Kräutergarten zu gelangen, wo das Summen der Bienen, Hummeln und anderer Insekten ein Konzert veranstalteten und sich kaum von den, auf dem gepflasterten Weg gehenden Menschen an ihrer Sammelarbeit stören zu lassen.

Erstaunt und mit fast schon großen Augen blickte mancher der jungen Leute auf die angelegten Beete, versuchte in seiner Erinnerung an die Schulzeit den Namen der einzelnen Pflanzen abzurufen, doch bei der Vielzahl die hier vorhanden waren, gaben sie es schnell wieder auf.

Flieta, Basilikum, Thymian, Origano, an einem künstlich geschaffenen Steinhang der berühmte Malotiri, Minze, ja sogar ein kleines Beet mit Stevia hatte die Frau angelegt. Obstbäume fanden sich genauso in dem Garten, wie die stacheligen Himbeeren, ein Lorbeerbaum bot den schnatternden Gänsen Schutz vor der Sonne, von wo sie aus die eingetretene Gruppe auf ihre Gänsenweise begrüßten.

Aus dem von Annas Mann angelegten Teich drang das Quaken von Fröschen an das Ohr, auf dem sich einige der Wildenten tummelten und von Zeit zu Zeit den Kopf unter Wasser steckten, um nach Nahrung zu suchen.

Dazu noch viele Heilkräuter für jedes Wehwehchen, denn im Grunde genommen hielt sie nichts von der modernen Medizin, die einen mehr krank als gesund machte, so ihre Einstellung. Und ihre Gesundheit bewies ja, dass sie die richtigen Mittelchen immer parat hatte. Und zur Not, half ja innerlich und äußerlich der Raki, den sie allerdings nicht selbst herstellen konnte, da sie den

Weingarten seit den Tod des Mannes nicht mehr gepflegt hatte.

Dies war sein Revier und niemals wäre sie auch nur einen Moment auf den Gedanken gekommen, hier Hand an einen der Rebstöcke zu legen. So also wuchsen sie, wie die Natur es ihnen gestattete, gaben zwar Trauben, doch für die Herstellung von Wein, reichte die Menge schon lange nicht mehr. Aber sie schmeckten, so wie jene Trauben, die im Innenhof an einem hoch rankenden Weinstock den halben Innenhof mit einem schattigen Geäst vor der mittäglichen Sonne schützte.

„Seht," Anna wies auf einen alten Strommasten, auf dessen oberen Ende tatsächlich das Nest eines Storches zu sehen war. „Vor sechs Jahren kamen sie zum ersten Mal hier in den Ort und nun, wenn ihr nachher in Richtung Paleochora lauft, dann werdet ihr noch vier weitere Nester entdecken."

Ein Ach und Oh kam aus den Mündern der Wandergruppe und Anna war zufrieden, wieder einmal jemanden ihr Dorf der Tiere zeigen zu können.

Der Esel, das Pferd und die Schafe

Irgend eine gute Seele hatte sie hier auf dem Feld mit dem gelb blühenden Klee zusammen gebracht und nun beäugten sie sich argwöhnisch, denn keiner von ihnen hatte jemals solche Kreaturen in seinem tierischen Leben gesehen.

Das weiße Pferd lehnte sich gegen den Stamm eines alten Olivenbaumes, rieb sich von Zeit zu Zeit an der rauen Rinde um das lästige Jucken im Fell zu bekämpfen. Der weiße Esel versuchte von dem ungewöhnlich duftenden und wohlschmeckenden Grünzeug, dessen Blüten in voller Pracht sich seinen Augen bot. Und die Horde von weißen Schafen lag wiederkäuend unter zwei riesigen Charuppiabäumen[11] . Jedoch immer die beiden anderen Tiere nicht eine Sekunde aus den Augen zu lassen.

„Was sind das für komische Wesen? Fragte eines der Schafe in die Gruppe hinein. „Noch nie habe ich solche eigenartige Gesellen in meinen Leben gesehen."

„Ich auch nicht!" antwortete der Ältester der in der Herde sich befindenden Hammeln. „Aber wir sollten vorsichtig sein, denn wer weiß schon welche Ungeheuer diese Wesen hier sind."

„Hast du mich gerade ein Ungeheuer genannt?" fragte das Pferd leicht verstimmt und blickte zu den Schafen. „Ich bin ein Pferd, ein edles Ross, dessen Vorfahren einst aus den fernen arabischen Ländern hier her gebracht wurden."

„Mama, was ist ein Pferd?" fragte aufgeregt eines der Lämmer, das wie angewurzelt stehen blieb, das tol-

---

11 Charupia - Johannisbrotbaum

lende Springen unterbrach, sich an die Mutter schmiegte, als das Pferd zu sprechen begann.

„Kleines, das weiß ich leider auch nicht," antwortete die Mutter ehrlich.

„Oh, was seid ihr doch für dümmliche Wesen, dass ihr noch nicht einmal wisst, was ein Pferd ist!"

„Ich bin jetzt mal ganz ehrlich," mischte sich nun der Esel in das Gespräch. „Ich weiß auch nicht was ein Pferd ist oder wie auch immer du dich benennst." Er hob den Kopf, sog tief die Luft ein, um den Geruch des Pferdes in sich wirken zu lassen. „Zuerst dachte ich ja, dass du ein etwas zu groß geratener Esel seist. Aber das scheine ich mich wohl geirrt zu haben."

„Ich und ein Esel," laut wieherte das Pferd auf und blickte den Esel verächtlich an. „ Dir trete ich gleich meine Hufe in die Seite, damit du weißt, was ein Pferd ist.

„Freunde, hört auf euch zu streiten," versuchte der alte Hammel die Wogen zu glätten.

„Ich bin nicht dein Freund," erwiderte der Esel, der nun, durch die Drohung des Pferdes mehr als verstimmt war. „Und im Übrigen, was seid ihr überhaupt für ein verängstigter Haufen? So was wie euch habe ich auch mein Lebtag noch nie gesehen."

„Da muss ich ihm allerdings, ob ich nun will oder nicht, auch zustimmen," kam es von dem Pferd, der drei Schritte nach vorne machte, um die Schafe besser betrachten zu können, was bei diesen sofort die Reaktion des Ausstehen erzeugte.

„Wir sind Schafe," kam es fast einhellig von den nun noch enger zusammenstehenden Tieren, die sich nicht sicher waren abzuwarten oder das Heil in der Flucht zu suchen.

„Egal, wie auch immer, aber dieses Grünzeug hier schmeckt so lecker als käme es geradewegs vom Paradies," unterbrach der Esel die Stille.

„Das ist Futterklee und jetzt wo er blüht, ist es am besten zu genießen," Der alte Hammel schaute den Esel verwirrt an. „Jetzt sag mir bitte nicht, dass du dieses hier nicht kennst?"

„Nein, wirklich." Ein trauriger Ausdruck machte sich plötzlich in dem Gesicht des Esels breit. „Ich kenne nur das stachelige Heu, seltsames Futter dass mir der Zweibeiner in den Trog wirft und etwa trockenes Gras, wenn man mal an einem Platz vorbei kam, wo es spärlich sprießte."

„Da haben wir wenigstens mal eine Gemeinsamkeit," fügte das Pferd schnell ein. „Mir hängte der Zweibeiner immer einen Sack mit Hafer um den Hals wenn ich mit ihm unterwegs war und in der Nacht, auf dem sandigen Grund wo mein Stall stand, war auch kaum etwas Frisches zu finden."

„Ja, der Zweibeiner," fast schien es als schüttelte der alte Hammel seinen Kopf. „Wir können nicht mit ihm und schon gar nicht ohne ihn. Wenn er uns nicht zu frischen Weiden führt, dann würden wir hier elendig verhungern, denn alles ist mit diesen lästigen Metallzäunen umschlossen." Sehnsüchtig ging sein Blick auf den nahegelegenen Berg. „Wie beneide ich doch jene, die es geschafft haben, dieser Gefangenschaft zu entgehen."

„Wie meinst du das?" fragte der Esel interessiert.

„Schau nach oben, hin zu dem Berg," Mit seinem gehörnten Kopf wies er die Richtung. „Siehst du die weißen Punkte dort auf der Höhe. Das sind alles Unsereins, die es geschafft haben, der Gefangenschaft zu entgehen. Sie leben frei wie der Wind, können tun und lassen was sie wollen und niemand nimmt ihnen ihre Lämmer weg, so wie es der Zweibeiner im Frühjahr oft macht."

Esel und Pferd blickten in die angegebene Richtung und tatsächlich waren dort einige weiße Punkte in der grünen Landschaft auszumachen, die sie bislang nicht bemerkt oder keinerlei Beachtung geschenkt hatten.

„Was wollt ihr Schafe hier an diesem Ort jammern?" gab das Pferd nach einiger Zeit von sich. „Euch fehlt es doch an nichts. Ihr habt ausreichend zu futtern, könnt in der Sonne liegen. Worüber wollt ihr euch denn beklagen?"

„Da sieht man halt, dass er von unsereins keine Ahnung hat." Der Hammel blickte in die Runde und die anderen Schafe nickten zustimmend. „Wir liegen hier nicht faul in der Sonne herum. Der Zweibeiner erwartet von uns, dass wir für ihn ausreichend Milch produzieren und von uns, den Hammeln, dass wir kräftig für Nachwuchs sorgen. „Oh nein," wieder schüttelte der Hammel den Kopf. „Wären wir so frei wie jene dort oben auf dem Berg, dann gäbe es wirklich nichts zu klagen. So aber werden wir von Weide zu Weide getrieben und am Abend in den Stall oder in ein umpferchtes Gelände, wo wir uns nicht frei Bewegen können. Für dich mag es vielleicht wie ein Paradies wirken, ich weiss ja nicht woher du kommst, doch für uns ist eine Gefangenschaft in Paradies."

Der Esel hatte sich in der Zwischenzeit auf den Boden gelegt und es war ihm egal ob er wie die Schafe in einem eingezäunten Paradies leben müsste. Die Hauptsache war doch, seinem früherem Leben entkommen zu sein. Was macht einem da schon der Metallzaun. Doch er schwieg, saugte wieder die würzige Luft ein, die so ganz anders war, als jene die er bislang in seinem harten Eselsleben riechen durfte.

„Jahrelang war ich vor einer Kutsche in Chania gespannt, kannte nur die harten Straßen und Pflastersteine der Stadt. Meine Bäume waren die von Zweibeinern bewohnten Häuser, meine frische Luft aus dem Gestank der Abgase." Unwillkürlich war das Pferd etwas näher an die Schafe herangetreten, die sich jedoch wieder auf den Boden legten und den Worten des hochgewachsenen Tieres lauschten, auch wenn vieles was er erzählte, sie sich nicht vorstellen konnten. „Wenn die Sonne am heißesten brannte, der Zweibeiner unter der Hitze stöhnte und schwitzten wie ein Wasserfall, dann kamen sie auf den glorreichen Gedanken in die Kutsche zu steigen und sich durch die Stadt fahren zu lassen. Wie es mir und meiner Partnerin erging, dass war ihnen egal. Die Hauptsache war, wie eingebildete Pfauen in der Kutsche zu sitzen."

„Verzeih mir," wurde er von dem neugierigen Lamm unterbrochen, worüber er noch nicht einmal sehr unglücklich war, denn zu schmerzlich kamen die Erinnerungen wieder in ihm hoch. „Was ist ein Pfau?"

Das Pferd drehte langsam den Kopf zu dem Lamm und diese Unbekümmertheit des kleinen Tieres gefiel ihm. Denn Tiere seiner Größe in Chania waren meist Hunde, die der Kutsche oft genug hinterher rannten und mit ihrem Gebell einen richtig nervös machen konnten.

„Ein Pfau ist ein ganz großer Vogel." Das Pferd senkte bei diesen Worten seine Lautstärke, denn er hatte Angst den Kleinen zu erschrecken. „Wenn er so schreitet, könnte man fast glauben er habe einen Stock verschluckt, so steif wirkt er."

„Und so sind auch die Zweibeiner?"

„Ja, nicht direkt. Aber in der Kutsche benehmen sich viele von ihnen sehr sonderlich. Da wird lautstark geredet, manche fangen an irgendwelche Lieder zu singen." Kurz unterbrach sich das Pferd, blickte unwillkürlich wieder in die Richtung des Berges. „Am schlimmsten benehmen sie sich am Abend. Da kommen sie aus Häusern heraus, wo viele Zweibeiner zusammen sitzen essen und trinken. Ich weiss zwar nicht was sie da zu sich nehmen, doch von ihnen geht oftmals ein seltsamer Geruch aus, der nicht sehr angenehm ist und ihre Bewegungen lassen auch zu wünschen übrig. Mit anderen Worten, manche können sich kaum mehr auf den Beinen halten, aber mit der Kutsche, ja mit der Kutsche muss gefahren werden."

Er legte sich nun ebenfalls auf den Boden, denn er wollte nicht der Einzige sein, der steht und sozusagen auf die Anderen herunterblickte. Zudem konnte er damit das leichte Zittern seiner Beine verbergen, das eine Folge der langen Jahre vor der Kutsche war und ihm unangenehme Schmerzen bereitete.

„Am Mittag, dann wenn die Sonne fast schon ihren höchsten Stand hatte ging es von dem engen, schmutzigen Stall, quer durch die Straßen der Stadt zu dem Platz, den sie Hafen nennen und dann hieß es in der prallen Sonne warten." Leicht fröstelte es ihn bei der Erinnerung. „Mein Blick war eingeschränkt, denn der Zweibeiner hatte mir seltsame Dinger an dem Kopf befestigt, so dass ich eigentlich nur nach vorne sehen konnte und wenn wir da so warteten, dann hing ein Sack mit manchmal fast schon schimmeligen Hafer vor dem Maul."

„Oh, das hört sich aber wirklich nicht gut an," sagte eines der Schafe.

„Nein, gut war das nicht. Und den Zweibeiner interessierte es eigentlich nur, was die anderen ihm zusteckten." Entrüstet ob dieser Erinnerung wieherte er laut auf und das kleine Lamm erschrak fürchterlich. Doch die Neugierde war größer und die Geschichte des ande-

36

ren Wesen so spannend, das es sich schnell wieder beruhigte, neben der Mutter sich wieder nieder lies und weiter den Worten des Pferdes lauschte.

„Manchmal, nach so einer Fahrt, gerade am Abend verschwand jener Zweibeiner, der sich mein Besitzer nannte in einem der Häuser für eine lange Zeit und lies mich und meine Partnerin einfach stehen, wo wir gerade waren. Und wenn er dann zurück kam, hatte er oft genug, meistens zu oft den gleichen Geruch an sich, der mehr als unangenehm in die Nüstern stieg. Das waren dann auch die anschließenden Fahrten, wo er glaubte uns, das heiß mich und Esmeralda, was das andere Pferd vor der Kutsche war, mit der Peitsche antreiben zu müssen, da wir ihm angeblich zu langsam die steilen Straßen der Altstadt hinauffuhren." Wieder wieherte er auf. „Himmel, wie gerne hätte ich ihm an diesen Tagen einen ordentlichen Tritt mit dem Hufen verpasst, doch denen ging er immer vorsichtshalber aus dem Weg. Leider."

„Und wie kommt es, dass du nun hier bei uns bist?" wollte der Hammel endlich wissen, denn diese Frage war schon lange in ihm aufgekommen.

„Das ist eine traurige Geschichte." Für einen Moment schloss das Pferd seine Augen und unwillkürlich erschien das Abbild von Esmeralda, jener Stute, mit der er fast vier Jahre zusammen die Kutsche durch Chania gezogen hatte. „Es war wieder einer jener verdammt heißen Tage. Am Abend zuvor war der Südwind aufgekommen und und die Hitze in der Stadt war unerträglich, eigentlich fast unmöglich an einem solchen Tag die Zweibeiner durch die Stadt zu fahren. Doch unser Zweibeiner hatte sich in den Kopf gesetzt dies zu tun, denn er brauchte wieder etwas von den Anderen um in," Kurz unterbrach sich das Pferd. „Ach ja, um in die Taverne gehen zu können. Und so mussten wir Fahrt um Fahrt machen. Doch anstatt darauf zu achten, dass wir genügend zu trinken bekommen, trieb er uns immer wieder weiter an. Und Esmeralda brach plötzlich zusammen. Himmel war das ein Geschrei und Gezerre von dem Zweibeiner. Er beschimpfte uns, nannte uns nichtsnutzige Kreaturen und schlug immer wieder auf Esmeralda ein. Für ihn war es unverständlich, dass meine liebe Partnerin am Ende ihrer Kräfte war und aufgegeben hatte." Wieder unterbrach er sich, denn nun stieg der Schmerz unangenehm auf, denn wieder sah er vor sich das Bild der am Boden liegenden Stute und er, unfähig durch das Geschirr, konnte nicht zu ihr gelangen, musste zusehen, wie sie ihre Lebensenergie aufgab und ihn verließ."

Ein eigenartiger Laut kam aus den Nüstern des Pferdes, bei dem mancher der Schafe erschrocken mit den Köpfen hochfuhren. Doch nachdem sich das Pferd nicht von der Stelle bewegte, schien auch keine Gefahr zu sein. Also legten sie ihre Köpfe wieder auf die Vorderläufe und lauschten weiter dem Gesagtem.

„Traurig," entgegnete der Hammel. „Das tut uns allen aufrichtig leid." Er blickte in die Runde und fand nur Zustimmung. Lediglich der Esel verharrte in seiner Position, was den Hammel verwirrte, doch, so dachte er sich, wird jener seinen bestimmten Grund haben, so zu reagieren. „Doch wie kommst du zu uns?"

„Zweibeiner sind manchmal schon seltsame Geschöpfe, bei denen man eigentlich nie so recht weiß wie man sie einordnen soll."

„Wem sagst du das," warf der Esel unvermittelt ein, so dass sich alle Augen kurzzeitig auf ihn richteten. Doch da nichts mehr weiter sagte, wanderten die Köpfe wieder zurück zu dem Pferd, der nicht ungehalten war. Ganz im Gegenteil, denn er suchte in seinem Kopf die richtigen Worte um den Zweibeiner nicht zu sehr zu loben oder zu verdammen. Denn Beides traf ja auf sie zu.

„Es hatte wegen dem Tod von Esmeralda einen richtigen Auflauf gegeben. Der Zweibeiner konnte nur froh sein, dass andere ihn nicht mit seiner eigenen Peitsche schlugen, so wütend waren viele, versuchten zu helfen, ja versuchten sogar Esmeralda wieder in das Leben zurück zu holen. Doch vergeblich.

Irgend einer der Zweibeiner befreite mich aus meinem Geschirr, wobei mein Besitzer sich heftig dagegen wehren wollte, doch vergeblich, denn die umstehende Menge zeigte ihm schnell, dass es wohl das Beste für mich sei, endlich aus dieser Tortour befreit zu werden.

Ohne Pferde keine Kutschfahrt, ohne Kutschfahrt kein Einkommen und ohne Einkommen keine Möglichkeit mehr, sich zwei andere Pferde kaufen zu können. So einfach war plötzlich die Sache geworden, doch leider konnte mein geliebtes Mädchen das nicht mehr miterleben.

Zunächst brachte man mich auf einen Bauernhof, nicht weit entfernt von der Stadt und eines Tages kam eines dieser seltsamen Transporter, vor denen ich mich immer fürchtete und brachte mich zu euch. Und nun bin ich hier und damit ist meine Geschichte zu Ende. Vorerst, denn ich weiß ja nicht wie es weitergehen wird."

„Sicherlich besser wie zuvor," mischte sich der Esel wieder in das Gespräch, dass er so lange schweigend verfolgte und in den eigenen trüben Erinnerungen getaucht war.

„Und wie ist deine Geschichte?" fragte das Pferd.

War seine Geschichte es wert erzählt zu werden, wo er doch nur Einer von hunderten seiner Artgenossen war, die dieses Leben führen mussten, fragte er sich in diesen Momenten. Ist es nicht das Schicksal von uns Eseln, seit Anbeginn der Zeit so behandelt zu werden?

Was soll also an meiner Geschichte interessant sein? Und doch scheinen diese anderen Tiere es wissen zu wollen, obwohl ich kaum glaube, dass sie es verstehen werden, denn selbst ich habe es bis zum heutigen Tage noch nicht verstanden, warum der Zweibeiner uns nicht anders behandelt, als ich es über Jahre gewohnt war.

„Jetzt komm! Erzähl schon woher du kommst?" wurde der Esel, von dem Pferd aus seinen trüben Erinnerungen gerissen und für einen Moment blickte er etwas Hilflos umher.

Den Kopf auf die Vorderhufe gelegt, einmal kurz durch geschnauft und dann begann der Esel seine Geschichte zu erzählen.

„Ich komme von Santorini und wenn ich ehrlich bin, so ist das einer der schönsten Inseln die man sich vorstellen kann. Alleine wenn du ganz oben im Ort bist und der Sonnenuntergang spielt sich über dem Meer ab, würde jedes vernünftige Lebewesen in tiefer Liebe zu dieser Insel fallen. Nur leider scheint das nur für die Zweibeiner zu gelten, die in einer solch zahlreichen Menge über die Insel herfallen, das Unsereins bei seinem täglichen Arbeitsgang, wahrlich schwer hat, den Weg gehen zu können.

Wir die Esel des Ortes sind es, die alles nach oben oder nach unten bringen. Steil sind die Wege und Treppen, eng die Kurven und schwer die Lasten die man auf unsere Rücken schnallt, damit der Zweibeiner zufrieden mit sich und der Welt ist.

Ausgetreten sind die Stufen von den zahlreichen Eseln, die tagein, tagaus, angetrieben von heftigen Schlägen des mitgeführten Stockes die Lasten auf unseren schon krumm gewordenen Rücken tragen. Und kaum einer kann sich noch daran erinnern, wie es ein Mal war, mit geradem Rücken so einfach wie hier in der Landschaft stehen zu können, um den Tag zu genießen.

Jener, der sich mein Besitzer nannte, war wahrlich ein rauer, grober Mann, dem es niemals schnell genug ging. Denn für ihn zählte auch nur das Geld, dass er für seine Arbeit bekam und je schneller er seinen Auftrag ausführte, umso mehr konnte er sich einen Neuen unter den Nagel reißen und dies zu unseren Lasten.

Zwei Sorten von Eseln sind wir. Jene die die Lasten tragen und jene, die gezwungen sind die faulen Zweibeiner den steilen Weg nach oben zu tragen. Und wenn ich ehrlich bin, mit jenen Zweibeinerträger hätte ich um nichts auf der Welt tauschen wollen. Da waren manche dabei, die waren eigentlich mehr Breit als Hoch und deren Gewicht hätte selbst zwei Esel in die Knie gezwungen. Doch den Armen blieb nichts anderes übrig, wollten sie am Abend in ihrem Stall wenigstens Wasser und etwas zum Fressen zu bekommen, als diese Schwergewichte zu tragen.

An einem Tag, ich war schon mehr als Müde, konnte mich kaum noch auf den Hufen halten, sollte ich nochmals den langen steilen Weg erklimmen. Doch auf der Hälfte des Weges versagten mir die Beine und ich war nicht mehr fähig auch nur einen weiteren Schritt zu tun.

Nun aber sah der Zweibeiner sein Gehalt, sein Geld entschwinden und in ihm entbrannte eine bis dahin noch nie gezeigte Wut. Unablässig drosch er mit seinem Stock auf mich ein, was jedoch genau das Gegenteil bei mir erzeugte. Ich wollte hier an dieser Stelle einfach nur noch aufgeben, mich hinlegen und den unendlichen Schlaf herbei sehnen, den man den Tod nennt.

Mein Maul war trocken, denn ich hatte seit Stunden nichts mehr getrunken, der Hunger quälte meinen Magen, denn auch weder Heu noch faulen Hafer hatte ich bekommen und nun wollte dieser Zweibeiner eine

Leistung von mir vollbracht haben, zu der ich nicht mehr im Stande war, selbst wenn ich es gewollt hätte.

Und wie bei dir mein liebes Pferd, war es ein Zweibeiner, der meinem Besitzer den Stock entriss und nun diesen gegen ihn einsetzte. Könnten wir Esel wie die Zweibeiner lachen, mein Gelächter bei dieser Szene hätte für Aufregung auf der ganzen Insel gesorgt. Nie hätte ich ein solches Schauspiel mir träumen lassen."

Ein unendlich langes Schweigen lag plötzlich in der Luft. Verstohlen sahen sich die Schafe an, fast schon mit dem schlechten Gewissen, vor Kurzem noch so gejammert zu haben. Doch was war ihre Unfreiheit gegen die Erlebnisse der beiden neu zu ihnen gestoßenen Tiere.

Selbst der alte Hammel, sonst immer schnell mit dem Maul und mit keiner Antwort verlegen, rang mit sich. Wie oder was sollte er auf die beiden Geschichten antworten. Wie hätte er den beiden, dem Esel und dem Pferd verständlich machen können, wie schmerzhaft sich ihre Geschichten angehört und wie wenig sie, die Schafe eigentlich zu leiden hatten. Ihm fehlten wahrlich die Worte. Vielleicht auch gut so.

Odyssea von der Platane

Bevor ich euch über meinen Ort berichte, darf ich es natürlich nicht versäumen, mich selbst erst einmal vorzustellen, denn ihr wollt doch sicherlich auch wissen, wer euch all die Geschichten von meinem Viannos erzählt.

Mein Name ist Odyssea von der Platane und ihr, die ihr euch Menschen nennt, würden mich mit Sicherheit als eine Promenadenmischung bezeichnen. Doch ich nehme das nicht krumm, ganz im Gegenteil, denn es beinhaltet ja das schöne Wort, Promenade, in sich und das ist doch wahrlich nicht abzulehnen. Gehen die Leute doch auf der Promenade, promenieren, ziehen sich dafür auch noch fein und schick an und flanieren kokett auf und ab, damit sie ja auch von vielen gesehen werden. Wie kann ich dann, als eine Mischung davon, darüber ärgern, das man mich so bezeichnet?

Na ja, ich sehe ja nicht gerade aus wie einer dieser aufgeplusterten Rassenhunde, die außer dem Schön zu sein, nichts anderes in ihrem Schädel haben und gänzlich verloren wären, in der Welt, in der ich lebe. Zudem immer an der Leine geführt zu werden, Männchen auf Kommando machen zu müssen und ihre Nase nicht in alles stecken zu dürfen, was sich am Wegesrand befindet, so wie ich es einfach tue, ist kein Leben für mich.

Lieber bin ich wie ich bin, mein eigener Herr, Verzeihung, Hund und kann fast immer machen was mir gerade in den Sinn kommt, wenn mir nicht gerade eine der blöden Katzen in den Weg kommt, oder einer der anderen Streuner doch tatsächlich der Meinung ist, mir mein Revier streitig machen zu wollen.

Und mein Revier ist nun einmal die große Platane von Viannos, die Hauptstraße, der Platz vor der
großen Kirche und noch etwas mehr. Selbst der zweibei-
nige Mensch respektiert das und ich weiß auch ganz genau, wo ich meine Streicheleinheiten außer bei Manolo
noch abholen kann oder gar ein leckerer Bissen auf mich
wartet, damit ich nicht vom Fleisch falle und etwas auf
den Hunderippen habe.

Viannos, eigentlich heißt es ja Ano Viannos, denn
es gibt auch ein Kato Viannos, ist ein ein wunderbarer
Ort zum Leben, nicht nur für uns Hunde, sondern auch
für den Menschen, der hier seine steinernen Bauten vor
Urzeiten schon errichtet hatte. Aus allen möglichen Quel-
len sprudelt frisches Wasser, so dass man nicht gezwungen ist aus einer abgestandene Brühe oder Pfütze seinen Durst zu löschen. Gerade in der Zeit, wo die Sonne
sehr lange scheint und einem so richtig auf den Pelz,
dem Fell brennt, sehr wichtig zu wissen, wohin man
gehen kann.

Reichlich bedienen sich aber auch die Menschen
von diesem Wasser, gerade dann, wenn sie in einem der
zahlreichen Lokalen rund um die alte Platane sitzen,
schwatzen oder sich dem Kartenspielen hingeben. Dann
wird schon mal aufgestanden und das Glas, am nächsten Brunnen, mit dem frischen Wasser gefüllt und niemand nimmt Anstoß daran, weil er es ja auch so macht.

Lediglich die vielen Treppen, die zum oberen Teil
des Ortes führen, finde ich einfach störend und als nicht
Hunde freundlich zu betrachten. Denn mit meinen leider
viel zu kurzen Beinen ist das nicht gerade ein Vergnü-
gen, die unnötig hohen Stufen zu erklimmen. Doch von
Zeit zu Zeit muss ich auch mal nach Oben gehen und
nach dem Rechten sehen, meine Markierung hinterlas-
sen, mein Revier abstecken, damit auch jeder weiß, wer
hier der Herr von Viannos ist.

Ich weiß nicht wieso, doch immer wieder glauben die Menschen doch tatsächlich, dass ich Manolo gehöre, nur weil wir zwei ein sehr gutes Verhältnis zu einander pflegen. Aber ihr Zweibeiner glaubt immer, dass Alles und Jedes einen Besitzer haben muss. Wir Streuner sind frei geboren, gehören niemanden, lassen uns es nur von Zeit zu Zeit zu, dass ihr das Gefühl habt, unser Herrchen oder Frauchen zu sein, ohne zu wissen, dass wir es eigentlich sind, die euch ausgesucht haben und ob es euch gefällt oder nicht, genau das tut, was wir von euch erwarten. Hehe, schon mal darüber nachgedacht? Doch sagt das nicht weiter, sonst überdenkt ihr noch euer Verhalten und das wäre natürlich nicht sehr gut für uns. Anständig wedeln wir mit unserer Rute und geben euch das Gefühl das ihr das Richtige tut.

Manolis ist sozusagen der Ortsschreiber, der Chronist, der Zeitungsherausgeber vom „Echo von Viannos", zudem der Besitzer eines Ladens und die eigentliche Seele vom Platz der Platane. Wer etwas wissen will, geht zu ihm. Wer die neuste Zeitung haben will, ebenso, wie die Raucher, Schleckermäuler und jene, die ein Fax, was immer das auch ist, versenden wollen. Man kann Bücher genauso kaufen, wie Batterien, sein komisches Telefon, das ständig klingelt, aufladen und vieles, vieles mehr. Man muss einfach nur zu Manolis gehen!

Schon früh am Morgen macht er seinen Laden auf, was für mich natürlich von großer Wichtigkeit ist, denn dann brauche ich mich lange nach was Essbaren Ausschau halten, denn Manolis hat immer was für mich im Fressnapf bereit, dazu nette Worte, Streicheleinheiten und einen Platz zum Ausruhen, wo ich mich mal lang legen kann, nach meinen anstrengenden Rundgängen.

45

Ein ständiges Kommen und Gehen herrscht hier, manchmal für meine Begriffe etwas zu viel, wenn ich gerade versuche ein kleines Nickerchen zu machen. Doch daran gewöhnt man sich mit der Zeit, öffnet nur mal kurz ein Auge und denkt sich seinen Teil, denn das kleine Schläfchen ist einfach wichtiger, als zu sehen, wer mal wieder im Laden eingetroffen ist.

Das Einzige was wirklich störend ist, sind diese komischen Dinger auf den vier, wahrlich seltsam riechenden Etwas, die einen Geruch verbreiten, der als etwas unangenehm zu bezeichnen ist. Es scheint was so, als könnten die Zweibeiner ohne diese Blechdosen, sie sie Auto nennen, sich nicht mehr von der Stelle bewegen, obwohl sie doch zu mir, ellenlange Beine haben.

Allerdings, jetzt rutscht mir tatsächlich ein Lächeln über die Hundeschnauze, würde es wahrlich ein seltsames Bild abgeben, wenn ich anstatt meiner vier Pfoten, vier solcher Treter unter meinem Bauch hätte. Und ob ich dann mit diesen langen Staken mich noch hinter dem Ohr kratzen kann, wenn mich ein Floh mal wieder so richtig ärgert, mag ich zu bezweifeln. Also bleibe ich lieber bei meinen mit Fell überzogenen Pfoten und mühe mich weiter die Treppen empor. Zudem glaube ich kaum, dass ich dann in dem engen Laden von Manolis noch ein Plätzchen für mein Nickerchen finden könnte.

Manolis ist wirklich ein Herz von einer Seele und ich wüsste kaum einen Besseren, dem ich mich hätte anschließen können! Kein Versuch einem mit dem Fuß zu treten, wie es doch so Mancher versucht hatte, der Unsereins nicht mag. Keine weg scheuchende Worte, sondern das Gefühl stets und immer willkommen zu sein.

Jetzt bitte nicht falsch verstehen, denn es sind nur vereinzelt Zweibeiner im Ort vorhanden, die Wesen wie Unsereins nicht mögen. Die meisten Menschen von Viannos sehen uns wahrscheinlich als einen Teil des Ortes an, der einfach hier her gehört. So wie der Manolis.

Spät am Abend erst schließt er den Laden und dann begleite ich ihn noch ein Stück des Weges, werde mit einer Streicheileinheit verabschiedet und ich bin mir jedes mal sicher, am nächsten Morgen wieder ein gern gesehener Gast im Laden zu sein.

Von der alten Platane, mit ihrem wuchtigem Stamm, den weit ausladenden Ästen und der hohen Baumkrone habe ich meinen Namen, so wie schon mein Vater und viele Hundegenerationen vorher. Es wird sogar gemunkelt das einer meiner Vorfahren es war, der den jungen Setzling mit seiner Markierung in Besitz nahm und unsere Dynastie derer „Von der Platane" begründete.

Über eintausend einhundert Jahre alt soll dieser Baum nun schon sein und wenn ich ihn mir so betrachte, dann glaube ich das gerne. Etwas geht von ihm aus und wenn ich manchmal zwischen seinen dicken Wurzeln mich nieder lasse, mich an den rauen Stamm schmiege, dann schickt er mir in meinen Träumen so manche der alten Geschichten aus diesem Ort, die er schon gesehen hatte.

Von den alten Mühle wird erzählt, sechs an der Zahl, die untereinander liegen und von dem reichlichen Wasser der umliegenden Bergen angetrieben wurden. Im Traum sehe ich dann, wie das Wasser den schmalen Kanal entlang fließt, um dann durch die Öffnung in die Tiefe zu stürzen, um das Mühlrad voranzutreiben, mit dem dann das Korn gemahlen oder das wertvolle Olivenöl aus den Früchten gepresst wird. Mühle um Mühle wurde so angetrieben und das Geräusch der sich drehenden Mühlsteine drang an das Ohr der Menschen und zeugten davon, das dieses Land sehr fruchtbar war und auch heute noch ist.

In einem anderen Traum, den ich mal hatte, sah ich den alten Josef, den alle nur Siffi nannten. Sein alter, störrischer Esel war immer hoch beladen mit abgeschnittenen Olivenbaumästen, Gras oder im Herbst mit den Zweigen des Murniesbaumes[12], das Siffi für seine Ziegen und Schafe sammelte, um den köstlichen Käse herzustellen, für den er fast schon berühmt war und alle beneideten, doch nie heraus fanden, warum er so gut schmeckte.

So störrisch wie sein Esel, war auch Siffi und keiner der damals lebenden Menschen konnte sich jemals daran erinnern, dass er mehr als zehn Worte sprach oder gar ein Lächeln über sein Gesicht kam. Mancher sagte, er habe sein Lachen im Aufstand gegen die Türken verloren. Doch davon erzählte mir der Baum nichts. Vielleicht auch besser so!

Wie in den alten Zeiten, so um schwirrt auch heute noch das laute Spielgeschrei der Kinder den alten Baum und in seinem Schatten sitzen die Männer bei ihrem griechischen Kaffee und reden über Wichtiges und Unwichtiges, was sich im Ort ereignete. Die Gespräche waren mal leise, mal laut, doch immer waren die Hände der Männer dabei in Bewegung wie Windmühlen.

Noch viele andere Geschichten erzählte mir der Baum. Von den Frauen, die ihre Wäsche in dem klaren Wasser des nahen Brunnen wuschen und deren Geplapper scheinbar nie ein Ende fand. Von den durchreisenden Fremden, die mit sichtlichem Erstaunen den alten Baum betrachteten und in dessen Schatten sich gut rasten lies.

---

12 Mournies - Maulbeerbaum

Möge er dem Ort noch lange erhalten bleiben.

Manchmal erstaunen mich die Menschen immer wieder und dann bin ich mir nicht ganz sicher, ob ich wirklich den Zweibeiner kenne. So wie bei Jannis.

Wer diesen jungen Mann zum ersten Male zu Gesicht bekommt, stellt sich unwillkürlich den antiken Herakles vor, der alleine einen Baum nur anzutippen hatte und schon fiel er mit samt seinen Wurzeln um. Gewiss etwas übertrieben, muss ich jetzt zugeben, doch wenn Jannis einem auf der Straße entgegen kommt, dann hat man unwillkürlich dieses Bild im Kopf.

Welch ein Gegensatz dazu ist die Stimme, gegenüber den Muskeln die seinen Körper zieren? Sanft, fast schon melodisch klingt sie und noch nie kam an mein feines Gehör, mit dem wir Hunde nun einmal ausgestattet sind, aus seinem Mund lautes Geplärre, wie bei so manch anderem, den ich hier in Viannos kenne.

Nicht selten bekomme ich von den starken Händen, die jeden Olivenbaum zu Leibe rückten und in die richtige Form stutzten, meine gerechten Streicheleinheiten. Sanft kraulen dann die Finger durch mein Dell, was ich stundenlang genießen könnte, Doch leider sind diese Streicheleinheiten nur von kurzer Dauer. Man kann halt nicht alles haben, muss man sich eingestehen, so gerne man es auch möchte und die kleinen Einheiten sind nun einmal besser wie nichts.

Manchmal versammeln sich die Menschen zu einem großen Haufen und machen das, was sie ein Fest nennen. Dann ist die Luft erfüllt von den herrlichsten Gerüchen, die sich ein Hund vorstellen kann und das Wasser läuft einem im Maul zusammen.

Zwar ist es, wenn viele Menschen auf einem Haufen zusammen sind, immer sehr laut und sie achten zuweilen nicht darauf, wo sich Unsereins im Augenblick befindet, doch dies nimmt man gerne in Kauf, denn zufällig oder gewollt, fällt bei solchen Anlässen immer was auf den Boden und das ist dann das reinste Schlaraffenland für jeden Hund, allerdings auch für die lästigen Katzen, die einem dann die leckeren Sachen streitig machen wollen. Frechheit kann man da nur sagen!

Irgendwann holen sie so eigenartige, hölzerne Gegenstände hervor, aus denen dann Melodien erklingen, die selbst in meine kleine Beine gehen. Stimmen ertönen, auch Gesang genannt, von Jung und Alt und kurze Zeit später scheint der ganze Platz in diesen Gesang einzustimmen, um schwebt die alte Platane und zeigt die wahre Seele des Kreters.

Ups, jetzt fange ich doch tatsächlich an, romantisch zu werden! Doch wer den Gesang einmal vernommen hat, wird verstehen, was ich damit sagen will. Etwas seltsames liegt dann in der Luft, dass man einfach, vor allem wenn man ein Hund und kein Mensch ist, schwer erklären kann, ohne dabei lächerlich zu wirken. Ich für meinen Teil mag den Gesang und die Menschen könnten viel öfters sich derart versammeln.

Und das ein Kreter immer wieder für eine handfeste Überraschung gut ist, dass zeigt sich deutlich an Jannis, denn, wer hätte das von ihm erwartet, betrachtet man einmal seine Hände genauer, ausgerechnet das Kleinste der Instrumente in die Hand nimmt und der zarten Lyra Melodien entlockt, die einfach verzaubern.

Mit unglaublicher Geschwindigkeit, dass ein Hundeauge kaum in der Lage ist zu folgen, tanzen die Finger von Jannis auf den Seiten auf und ab, die mit dem Bogen zum schwingen gebracht werden. Zusammen mit den Mandolinen und dem Gesang der

Männer, vergesse ich die Welt, lege mich zwischen die Wurzeln der Platane und träume von einem Hundeleben, dass ich eigentlich doch nicht will.

So wie es ist, ist es ganz gut so und warum sollte ich daran etwas ändern wollen? Ich würde die Menschen hier, Manolis, Jannis und andere vermissen, den Gesang, die Musik und das Treiben rund um meine Platane. Aber träumen kann man ja.

Die wichtigste Straße in meinem Viannos ist natürlich die Hauptstraße, mit all den Geschäften, Kaffeehäusern und dem Platz an der großen Kirche. Und Manolis hatte mir einmal alte Fotos gezeigt, wahrscheinlich in der Annahme ich würde es ohnehin nicht verstehen, auf denen ich sehr wohl gut erkennen konnte, wie sich die Straße im Laufe der Zeit nur unwesentlich verändert hatte.

Zwar gab es einmal, vor vielen Hundeleben, eine Katastrophe und der gesamte Ort wurde von bösen Menschen nieder gebrannt. Doch davon will und kann ich nicht berichten, denn manchmal ist das, was die Menschen tun, für mich und mein Hundegehirn nicht begreifbar. Auf jeden Fall machten sich die Menschen danach die Mühe und bauten die Straße mit ihren Gebäuden fast genauso wieder auf, wie sie einmal gewesen war.

Manchmal lenke ich meine kurzen Beine den Berg hinunter zum Rathaus, wo ich dann, welch ein Zufall versteht sich, das Ergebnis eines kleinen Ausrutschers betrachten kann. Meist kommen mir dann gleich die zwei kleinen Welpen entgegen, bei denen man, wenn sie schlafen, nie so recht weiß, wo denn eigentlich bei ihnen Hinten oder Vorne ist.

Mir ist bewusst, das man als Vater nicht so über seine Sprösslinge reden soll, doch es ist einfach Tatsache, dass sie vor lauter Fell, wie ein laufendes Wollknäuel einem erscheinen. Aber wenigstens kläffen sie einen nicht an, wenn man ihnen einen Besuch abstattet, im Gegensatz zu so manch anderem Welpen hier im Ort, die ständig ihre kleinen Schnauzen aufreißen müssen.

Nach einem solchen Besuch bin ich immer ganz froh wieder an meiner Platane zu sein, denn hier bin ich der Chef, auch wenn so einige der streuenden Katzen glauben, in meiner Gegenwart, den großen Tiger heraus hängen zu müssen. Ein kurzes Knurren und Bellen genügt aber meist schon und sie nehmen Reißaus. Besser so, denn mit meinen alten Zähnen kann ich mich nicht mehr auf einen Kampf mit ihnen einlassen.

Selbst an uns Hunde scheinen sie gedacht zu haben, denn alle paar Meter wurde ein Baum gepflanzt, an dem man sein Revier, so wie es sich für einen Hund gehört, abstecken kann. Man muss ja Präsenz zeigen, damit nicht ein daher gelaufener Köder einem sein Gebiet streitig macht.

Morgens beginne ich meinen ersten Rundgang, bleibe kurz vor dem Bäckerladen stehen, in der wagen Hoffnung, das etwas süßes für mich abfällt. Dann geht er weiter bis zum gro0en Platz, wo ich dem Priester einen Besuch abstatte, dessen Frau an der Ecke einen kleinen Laden führt.

Er ist eigentlich wie alle seiner Art, ein Mann von großer Gelassenheit, hat fast immer ein Lächeln auf den Lippen und sitzt gerne bei Katharina in deren Kaffeehaus und ist für jeden anderen Gast ein angenehmer Gesprächspartner.

Hier hält der Bus der sich durch die enge Straße müht, hier bekommt man den meisten Tratsch des Ortes zu hören, auch den, den man vielleicht nicht hören will.

Aber so sind Kaffees nun einmal und werden es hoffentlich auch lange noch so bleiben.

Am Ende der Hauptstraße, wann man in Richtung Kato Viannos gehen will, gibt es eine Stelle, an der ich stundenlang sitzen könnte, alleine schon wegen der Aussicht.

Hinter mir, an einem Abhang stehen die Überreste eines Palastes, den die Venezianer errichtete hatten. Unheimlich wirken sie in der Nacht, doch wenn das Sonnenlicht auf die verfallenen Mauern fällt, dann haben die alten Steine einen gewissen Charme. Die kleine, alte Kirche, zu Füßen der Ruine verleitet so manchen durchreisenden Touristen zu einem kurzen Halt und Blichen machen, bevor er sich wieder weiter macht in die hektischen Touristenorte am Meer, wo man Wesen wie uns als Köder ansieht und zu gerne verjagt.

Irgendwie sind die Reisenden störend, doch daran habe ich mich in der Zwischenzeit auch schon gewöhnt und riskiere lediglich einen kurzen Blick, denn dass, was sich sonst meinen Augen bietet, ist weitaus schöner und interessanter, selbst wenn ich schon unzählige Male hier gesessen bin.

Unten im Tal, in der weiten, fruchtbaren Ebene, sieht man nichts außer Olivenbäume, die alles zu einer grünen Fläche werden lässt. Dazwischen, dort wo zu viel Wasser aus den Hängen sich sammelte, gibt es Flächen für die Schafe und Ziegen, die sich an dem satten Grün die Bäuche voll schlagen.

Im Frühling, dann wenn die Olivenbäume zu blühen beginnen, steigt einem der angenehme Duft in die Nase und das Schwirren von unzähligen Bienen und anderen Insekten dringt leise an das Ohr. Ein toller Genuss also für Nase und Ohren, wie ich frei heraus zugeben muss.

Den Kopf zwischen die Pfoten gelegt, dauert es auch nicht lange und ich falle in einen angenehmen Schlaf und die Geschichten, die man sich seit Generationen in meiner Sippe erzählte, werden hier zu lebendigen Bildern, denen ich mich gerne hingebe.

Ich sehe dann die schlanken Minoer, die hier schon siedelten und die Olivenbäume bestellten. Auf angelegten Weiden grasen die Kühe und die heiligen Stiere. Geschäftiges Treiben ist im Ort, denn fleißige Menschen waren es, die das Blut von Kreta, das Olivenöl über das Meer zu anderen Völkern brachten, wo es hoch angesehen und begehrt war.

Ihre Kultur ging unter, doch die Olivenbäume blieben. Es kamen die Griechen, die Römer, manchmal versuchten freche Piraten sich einen Teil von dem Reichtum zu stehlen, den es auf der Insel gab. Später versuchten es die Venezianer und Osmanen und alle hinterließen ihre Spuren auf der Insel, in diesem Ort. Nur der Kreter selbst war beständig hier, kümmerte sich um die Oliven und zeigte so manchem Eindringling die lange Nase oder verabreichte ihm heftige Hiebe, so dass er manchmal ganz gerne wieder die Insel verließ.

Das alles ging an uns Hunden vorbei, denn egal wer glaubte er sei der Herr der Insel, wusste nicht, dass wir es eigentlich schon immer waren, die die Insel beherrschten. Wir hüteten ihre Schafe und Ziegen, schützten sie vor den damals noch lebenden Wölfen, wir bewachten Haus und Hof, meldeten den ungebetenen Eindringling. Ohne uns hätten sie so manche Beute der Jagd anderen Tieren überlassen müssen und in der Einsamkeit mancher Hütten, waren wir der geduldig zuhörende Partner des Menschen. Nie hatte es eine Zeit ohne uns Hunde gegeben und es wird uns vielleicht noch lange geben, selbst wenn der Mensch einmal von der Erde verschwunden sein würde.

Noch nie hatte ich einen solchen Winter erlebt und selbst die Menschen, die wesentlich mehr Jahre auf dem Buckel haben, als meine Wenigkeit, konnte sich kaum an einen solchen Winter erinnern, wie er dieses mal über die Insel herein gebrochen war.

Ständig regnete es ohne Unterlass und aus allen Ecken und Enden, über alle Straßen und Wege, schoss das Wasser, als ob diese ein neues Flussbett wären.

Am Anfang sah es ja noch ganz lustig aus, wenn das Regenwasser über die vielen Treppen in die Tiefe stürzte. Es plätscherte, gurgelte, gab seltsame Geräusche von sich, die man so vorher noch nie gehört hatte. Doch mit der Zeit wurde es einfach nur unangenehm. Meine gewohnten Rundgänge konnte ich kaum noch unternehmen, das Fell wurde nicht mehr richtig trocken und auch die sonst so geschützten Stellen, waren durchnässt oder sogar unter Wasser. Die vorbei fahrenden Autos übergossen einem mit einem kalten Schauer und über die Straße zu gehen, bedeutete, bis zum Bauch im Wasser sich zu bewegen.

Und als ob die ständige Nässe nicht schon genug des Guten gewesen wäre, gab es immer wieder Tage, die waren so kalt, dass man wahrlich keinen Hund vor die Tür jagen sollte. Denn von uns Vierbeiner war keiner ein solches Wetter gewöhnt und wir schlotterten am ganzen Hundekörper wie die Blätter im Wind.

An einem Morgen war alles weiß eingehüllt. Unangenehm unter den Pfoten und doch wiederum sehr interessant, denn kaum biss man herzhaft hinein, schon verwandelte es sich in Wasser, was einen erstaunen lies und man trotz der Kälte es immer wieder versuchte. Die Töne waren Gedämpft, die Schritte der Menschen seltsam leise oder es knarrte unter den schwarzen Stiefeln, die nun fast jeder der Männer trug.

Und wäre da nicht die unangenehme Kälte gewesen, sicherlich hätte ich dem ganzen Treiben stundenlang zusehen können. Die herab fallenden weißen Dinger, die wie kleine Sterne wirkten, die Regentropfen, die auf der Straße zerplatzten, die Kaskaden der entstandenen Wasserfälle und vieles mehr.

Ich verzog mich lieber zu Manolis, legte mich auf die warme Decke, riskierte nur manchmal einen scheuen Blick nach draußen und wunderte mich nur, das die Menschen trotzdem durch den Regen gingen, obwohl sie doch ständig über ihn schimpften. Menschen, soll da mal einer schlau werden.

Ich habe es schon einmal gesagt, ihr Menschen seid schon seltsame Zeitgenossen. Da kann er stundenlang in einem Kaffeehaus, bei einem wohl riechenden Kaffee, sitzen und nur wenige Worte kommen über seine Lippen. Aber wehe sie setzen sich zusammen um zu spielen, dann ist der Zeitpunkt gekommen, wo ich gerne auf mein feines Gehör verzichten oder mich irgend wohin verkriechen möchte.

Kaum liegt ein grünes Tuch auf dem Tisch, schon werden die Karten mit einem lauten Knall auf das Holz gedroschen, oder eine hitzige Diskussion beginnt, wenn einer von ihnen einen scheinbaren Fehler gemacht hatte oder ein sicher geglaubtes Spiel doch noch verloren ging.

Wie ein kaputter Ofen wird geraucht und in den Monaten, wo man sich draußen aufhält, ist die Straße, der Platz erfüllt von Stimmengewirr, Gelächter oder vermeintlichem Streit, der allerdings nie lange anhält und weiter geht das Spielchen. An einem anderen Tisch sitzen sich Zwei gegenüber, vor sich einen hölzernen Gegenstand, das Innen aussieht, wie das aufgerissene Maul eines Ungeheuers mit vielen Zähnen. Schwarz und weiß sind die Spielsteine, die oft genug und zu meinem Schrecken, mit einem lauten Knall auf das Holz gesetzt werden. Dazu kommt noch das eigenartige Geräusch, wenn die beiden Würfel fast schon kunstvoll von den Spielern geworfen werden und auf dem Holz ihre Überschläge machen.

Ernsthaft sind auch hier die Minen bei dem Spiel, dass sie Bagamon nennen und kaum ein Wort wird gewechselt. Nur die Hand geht zu dem Getränk und der heiße Kaffee ist längst erkaltet, wenn das letzte Spiel über die Runden geht.

Ich sage es nochmal laut und deutlich. Soll einer mal den Menschen verstehen? Ich habe es längst aufgegeben und beobachte lieber aus der sicheren Entfernung und denke mir natürlich meinen Teil, den ich euch jetzt aber nicht verrate.

Lieber Hundehimmel, warum müssen diese Glocken denn immer so laut sein. Würde ich wie ein Mensch in einem Bett liegen und nicht am Boden, mit größter Sicherheit, würde ich vor lauter Schreck heraus fallen. Aber warum muss ich mir auch ausgerechnet meinen Schlafplatz genau neben der großen Kirche aussuchen?

Lange hält dieses Gebimmel an und der noch verschlafene Ort erwacht zu einem seltsamen Leben, das sich um die Kirche herum abspielt.

Meistens sind es erst die Frauen, die mit eilenden Schritten den Weg zur Kirche gehen, vereinzelt begleitet von Männern, die dem Tempo ungern folgen, denn sie sind einen anderen Schritt gewöhnt. Die anderen Männer kommen meistens später, gehen kurz in die Kirche, kommen wieder heraus und gesellen sich zu den Anderen, die bereits auf dem Platz sich versammelt hatten. Man grüßt sich höflich, tauscht Nettigkeiten aus, setzt sich auf die Steinmauer, die eine Platane umschließt und vom Lautsprecher ertönt der Gesang und die Worte des Priesters. Manchmal geht man wieder für einen kurzen Moment hinein und irgendwie scheint alles eingespielt oder folgt einem bestimmten Ablauf, den ich bis heute noch nicht verstanden habe.

Lange dauert das Geschehen und mich wundert, woher die Menschen diese Ruhe und Gelassenheit hernehmen. Wieder eine dieser Sachen, die ein Hund, wie ich es eben bin, wohl nie begreifen wird.

Sei es wie es mag. Alles hat mal ein Ende, auch die Kirche und die umliegenden Kaffeehäuser füllen sich. Wieder sind es fast nur die Männer, die ihren Kaffee genießen, den Raki und die Kleinigkeiten, die mit dem scharfen Getränk gereicht werden.

Auf dem Platz vor der Kirche tollen die Kinder im angeregtem Spiel und für mich ist es dann wirklich an der Zeit, zurück zu meiner Platane mich zu begeben, wo wieder der eine oder andere kleine Bissen für mich abfällt. Eben ein himmlisches Hundeleben kann man da nur sagen.

Als ich noch ein junger Hund war und die Abenteuerlust stärker war, als die Gewissheit, dass ich zu kurze Beine habe, bin ich oft in dem oberen Teil des

Ortes streunen gegangen. Zwar ist es auch damals schon anstrengend gewesen, all die vielen Treppen oder die steilen Wege zu gehen, doch für eine Hundenase genau das Richtige. Die Düfte aus den Häusern, der kleinen Gärten, die am Hang hängen, die vielen Blumenkästen, die in den Gassen standen und an denen man vorbei schlenderte, waren betörend und jetzt in meinem fortgeschrittenen Alter, vermisse ich all das.

Die alten Häuser und Mauern, die verlassenen Gebäude, die engen, schattigen Gassen, das alles bot sich der feinen Nase. Ein Genuss, der einem Zweibeiner, schwer zu erklären ist, denn ihr Menschen habt ja leider nicht einen solch ausgeprägten Geruchssinn, wie wir ihn haben.

An einer der engen Straßen, dort wo ein riesiger Felsen über den Weg sich spannt, bekam ich immer ein flaues Gefühl, denn ich stellte mir vor, was wohl geschehen würde, wenn er auf die Straße krachen würde. Obwohl oder gerade wegen diesem Gefühl zog es mich immer wieder an diesen Platz.

Es gibt im oberen Teil von Viannos so manche Stelle, wo man einen wunderbaren Blick über den gesamten Ort hat. Wie ein Diamant wirkt dann die große Kirche, umgeben von den vielen Häusern, die an den Hängen kleben. Weit und frei ist auch der Blick über die Ebene, die Hügel und den Bergen, die alles umschließt. Vom nicht sehr weit entfernten Meer weht ein angenehmes salziges Lüftchen einem entgegen, treibt die Hitze aus den engen Gassen.

Viannos ist kein toter Ort, auch wenn nicht mehr so viele Leute wie früher hier leben. Aus geöffneten Fenstern dringt der Klang von menschlichen Stimmen und es ist ein Paradies für die hier lebenden Kinder, die herum tollen können, ohne Angst vor den stinkenden Autos haben zu müssen. Die Frauen sitzen zusammen, re-

den unentwegt, machen das Essen für die Familie, sticken, häkeln, stricken und wirken so gelassen, wie der
gesamte Ort. Manchmal vernimmt man noch den unver-
kennbaren Klang, wenn ein Hirtenstab auf die Steinplat-
ten der Gassen trifft, von den Männern die ihren Weg
nach Hause oder hinunter zu den Kaffeehäusern machen.

Wie schon gesagt, ich vermisse diese Ausflüge,
die Eindrücke und bleibe lieber hier unten auf der flachen Straße und zehre von den Erinnerungen. Nur ab
und zu geht mein Blick vom Platz des Platane nach oben
und im Geiste springe ich wieder wie ein junger Hund die
Treppen nach oben.

Mein kleiner Freund, eine Mischung aus Pudel
und sonst noch was, den, dass soll mal einer verstehen,
Trellos genannt wird, was soviel wie verrückt bedeutet,
ist sicherlich alles andere als durchgedreht. Ich würde
sogar sagen, dass bei ihm das Gegenteil der Fall ist,
denn er hat sich ausgerechnet die Besitzerin der kleinen
Bäckerei ausgesucht, wo bestimmt der eine oder andere
süße Happen, wie immer, rein zufällig auf den Boden
fällt.

Ich besuche ihn gerne auf meinem Rundgang,
denn alleine schon der Duft, der in diesem Geschäft einem in die Nase steigt ist köstlich, anregend und stets,
dass ist allerdings der Nachteil an dem Besuch, führt es
immer dazu, dass ich plötzlich einen großen Hunger ver-
spüre. Selbst wenn man zuvor sich irgendwo den Bauch
voll geschlagen hatte, hier kommt der Hunger sofort wieder.

Etwas weiter vorne, wenn ich mich zur großen
Kirche hin bewege, schnüffle ich an den Blumen, die vor

dem Geschäft stehen und darauf warten, von den Menschen gekauft zu werden. Irgendwie scheinen sie an dem blühendem Zeug einen Narren gefressen zu haben, denn oft genug verschwindet ein Zweibeiner im Geschäft und kommt wenig später bepackt mit Blumen wieder heraus.

Ich markiere lediglich an einem der Töpfe mein Revier und gehe weiter. Ein kurzer Blick in den kleinen Lebensmittelladen wird geworfen, bevor ich den Duft von frischem Kaffee wieder einmal in die Nase bekomme. Er vermischt sich mit dem Duft von gefüllten Teigtaschen, die ich liebe, denn egal was die Menschen auch anstellen, es fällt immer Krümel auf den Boden, die ich dankbar zu mir nehme. Dem Erfinder dieses besonderen Gebäcks ist der Dank von uns Hunden sicher.

Ich bleibe nie lange, denn hier ist ständig ein kommen und gehen und man fühlt sich oft genug im Wege. Also die kurzen Beine genommen, fluchs auf die andere Seite der Straße wechseln, noch einen Blick zu dem Laden werfend, ob der Priester davor sitzt und weiter geht der Weg zurück zu meiner geliebten Platane.

Unangenehm sind die Bienen, wenn sie einem vor der Nase herum schwirren und der Flügelschlag das Trommelfell bearbeitet. Doch der Geruch von Honig und Wachs, den die kleinen Gesellen herstellen, ist etwas besonderes, was man alleine schon daran erkennen kann, dass in den Kirchen ständig Wachskerzen angezündet werden.

Ein Stehenbleiben lohnt sich nur dann, wenn man sich eine Prise dieses Duftes einfangen will. Ansonsten geht man weiter, in der wagen Hoffnung, dass es in der Fleischerei etwas zum Abstauben gibt. Nicht immer hat man das große Glück, doch von dem Besitzer fliegt schon mal ein kleiner Happen in meine Richtung.

Zurück an der Platane werfe ich einen Kontroll-blick in Dimitris Kaffeehaus, das nach der Mühle, die ne-ben der Platane steht, benannt ist. Hier weiß ich, dass ich nicht weggejagt werde, von manchem der Gäste mei-ne Portion an Streicheleinheiten bekomme, aus dem Brunnen immer mein Wasser trinken kann und den Men-schen bei ihrem Treiben zusehen kann.

Viannos ist mein Ort und ich hoffe euch vielleicht einmal zu sehen. Fragt einfach nach Odyssea, dem Hund von der Platane. Und wenn ich einmal nicht mehr hier sein sollte, so wird sicherlich ein anderer meinen Platz übernehmen und von dem Ort, den Menschen und dem Leben hier berichten

Wuff, wuff.

(Anmerkung des Verfassers: Odyssea verstarb 2018, doch kaum einer in Viannos hat den Hund von Mano-lis vergessen. Seinetwegen wurde diese Geschichte geschrieben. Denke Odyssea hätte sich sicherlich gefreut dies lesen zu können. Manche Tiere, selbst wenn sie noch so unscheinbar wirken, bleiben einem doch in der tiefen Erinnerung und jedes mal, wenn ich an Viannos denke oder dort bin, denke ich an den Odyssea, das erste kretische Tier, an das ich mein Herz verloren hatte.)

Pavlos, die Ameisen und die Vögel[13]

Unwillkürlich kratzte sich Georgi am Hinterkopf, als er seinen kleinen Freund so auf dem Boden liegen sah. Bäuchlings, den Kopf auf beide Hände gestützt, die Beine ab dem Knie nach oben gestreckt und starr seinen Blick auf einen Punkt im Gras gerichtet.

Mit leisen Schritten näherte er sich und blieb unmittelbar vor den angewinkelten Beinen stehen.

„Was zum Teufel machst du da am Boden? fragte er.

„Ich beobachte die Ameisen," antwortete Pavlo ohne dabei seinen Blick abzuwenden.

„Du tust bitte, was?"

„Ich sagte doch, ich schau den Ameisen zu!"

„Hast du zu lange in der Sonne verbracht?"

„Quatsch!" Pavlo dreht sich leicht auf die Seite, stützte den Kopf auf den linken Ellbogen und sah seinen Freund erstaunt an. „Komm und schau selbst."

„Das sind Ameisen," entgegnete Georgi, denn er konnte sich beim besten Willen nicht vorstellen, was an diesen kleinen Tieren so interessant sein soll, dass man ihnen eine Beachtung schenken sollte. Reine Zeitverschwendung dachte er sich, dann entgegnete der dem wartendem Blick seines Freundes: „ Die sind einfach nur lästig, krappeln einem ständig die Beine hoch, zwicken ˙dich oder machen sich über die schönen Äpfel her."

---

13 Entnommen aus dem Buch: Stephan D. Yada-Mc Neal „Pavlo der kleine Andarte" BoD, ISBN 978-3-7412-7935-9 (Dort sind die Geschichten unter - Pavlo und die Ameisen, sowie - Fünf Vögel und eine Ohrfeige -)

Pavlo kicherte und schlug leicht mit der freien Hand auf den Boden neben ihm. „Jetzt sei kein Frosch und schau zu, dann weist du warum ich hier liege.

Unwillig lies sich Georgi auf den Boden nieder, nahm die selbe Haltung ein wie sein Freund und schaute auf die freie Fläche, im Gras, wo einige kleine Löcher im Erdreich zu erkennen waren und unzählige Ameisen sich hin und her bewegten. Das reinste Gewimmel, dachte sich Georgi und schüttelte leicht den Kopf.

„Und was soll ich da jetzt sehen?" fragte er nach einiger Zeit.

„Moment!" Pavlo griff rasch in seine Hosentasche und holte ein kleines Stück Brot hervor, brach etwas davon ab und zerbröselte die Krumen in der Nähe einer der größeren Löcher.

„Lass das mal deine Mutter lieber nicht sehen. Pavlo der Ameisenfütterer!"

„Solange du ihr das nicht auf die Nase bindest, wird sie es auch nicht erfahren!"

„Ja, schon gut." Georgi schüttelte wieder leicht den Kopf. „Jetzt haben die Ameisen dein Brot und weiter?"

„Schau selbst!"

Einige der großen Ameisen nahmen jeweils einen dieser Krumen in ihre Kopfzange und trugen es weg vom Eingang auf einen kleinen Sandhügel und legten es dort ab.

„Oh,oh," Georgi kicherte. „Die mögen dein Brot wohl nicht?"

„Abwarten."

Und tatsächlich dauerte es nicht lange, noch während einige der Ameisen emsig damit beschäftigt waren, die Krumen wegzuräumen, begannen andere sie in den Bau zu tragen.

„Die können sich wohl nicht einigen?" spottete Georgi.

„Unsinn!" Pavlo lächelte weise. Die einen müssen aufräumen, sozusagen den Dreck wegräumen und die anderen sammeln das Futter. Mein Großvater würde jetzt sagen, das sei Arbeitsteilung. „ Mit dem rechten Zeigefinger wies Pavlo auf einen Krumen, den kurze Zeit vorher eine Ameise abgelegt hatte und nun von einer anderen geschnappt wurde und seinen Weg in den Bau fand.

Unwillkürlich kratzte sich Georgi an der Backe, denn er war schon überrascht über das Verhalten der kleinen Tiere. Langsam fand auch er Gefallen an dem Gewimmel, denn man musste sich einfach nur auf eine der Ameisen konzentrieren und schon konnte man einiges erkennen, was man vorher nicht gesehen hatte. Witzig war ihn vor allem, wenn sie mit großen Stücken beladen, im Rückwärtsgang in dem Bau verschwanden.

„Ich möchte so stark sein wie eine Ameise!" Pavlo seufzte bei diesem Satz. „Da könnte ich die Deutschen so richtig vermöbeln."

„He?" Georgi schaute seinen Freund erstaunt an. „Ich versteh jetzt mal wieder kein Wort von dem was du da von dir gibst!"

„Hier!" Schnell wies Pavlo mit dem immer noch ausgestreckten Finger auf eine der Ameisen, die einen kleinen Stein aus dem Bau getragen hatte. „Schau doch mal wie stark die sind. Das Steinchen ist halb so groß wie die Ameise und bestimmt um ein vielfaches schwerer und sie trägt es einfach davon. Gerade so als ob das gar nichts für sie wäre. So eine Kraft müsste man haben!"

Wieder bröselte Pavlos etwas von dem Brot vor den Eingang und beide Jungs beobachteten das Verhalten der Ameisen, die unentwegt ihren Aufgaben nachgingen. Dabei erkannten sie die Soldaten, die Wache standen und andere Ameisen, von einem anderen Bau vertrieben, sich mit Feuerwanzen anlegten und jede vorbeikommende Ameise aus dem eigenen Bau erschnüffelte. Dann waren da die kleineren Ameisen, Pavlo nannte sie die Bauarbeiter, die Sandkörner aus dem unterirdischen Bau her austrugen und auf den langsam wachsenden Sandhügel ablagerten. Dazwischen die Arbeiter, die Unrat, abgenagtes Samen oder Sonstiges entsorgten und letztendlich die eifrigen Sammler, die das benötigte Futter über weite Strecken in den Bau brachten, damit das Ameisenvolk überleben konnte.

„Ja, man müsste wirklich so stark sein wie die Ameisen,"

sagte schließlich auch Georgi, der nun seinen kleinen Freund gut verstand, warum er hier auf der blanken Erde lag und die unscheinbaren Insekten beobachtete.

„Oh ja." Wieder seufzte Pavlo. „Dann könnte ich dem blöden Unteroffizier eine rein hauen, der mir gestern die Vögel abgenommen hatte und mir obendrein noch eine heftige Ohrfeige gab."

„Erzähl!"

Für die Leute des Dorfes Agios Konstandinos, eigentlich für alle auf Kreta, war es zum Haare herausreißen. Mühevoll bepflanzten sie die Felder mit Kartoffeln, Getreide und anderen wichtigen landwirtschaftlichen Produkten, pflegten liebevoll die Gärten in denen die fleischigen Tomaten, Bohnen, Wassermelonen und die zuckersüßen Honigmelonen, neben dem Kürbis wuchsen und doch hatten die Menschen auf der fruchtbaren Insel kaum etwas zu essen.

Selbst die versteckt angelegten kleinen Gärten waren vor der Gier der deutschen Besatzer nicht sicher, denn sie durchstreiften unentwegt das Gelände, damit ihnen auch wirklich nichts entgehen konnte. Nur bei dem Grünzeug wie Horta und Flieta schien es als hätten sie darauf keinen rechten Appetit zu haben. Doch alleine davon konnte man zwar den Hunger etwas stillen, doch nicht davon auf Dauer leben. Die ohnehin schon rare Milch der Kühe fehlte ebenso, wie die der Ziegen oder Schafe, deren Milch man für den wichtigen Käse brauchte, denn ganze Herden verschwanden in den Kochtöpfen der Besatzer und den Menschen auf Kreta blieb das Nachsehen und vor allem der Hunger. Fleisch war Mangelware obwohl Kreta einst, bevor der Besatzung, zu jenen Landstrichen gehörte, wo kein Essen ohne Fleisch serviert wurde. Doch wo keine Schafe, keine Ziegen, da auch kein Fleisch und so mussten sich die Leute etwas einfallen lassen um an etwas Fleisch zu kommen.

Pavlos Großmutter hatte ein feines Netz in mühevoller Arbeit angefertigt und mit großen Augen bewunderte der Junge, wie die alten Hände flink Masche um Masche anfertigten, dass das Auge kaum folgen konnte. Es wirkte so fein, so leicht reißbar und doch zeigte ihm die Großmutter, wie stabil und reiß fest das Gebilde aus feinem Garn war. Vorsichtig in den Händen haltend bewunderte der Junge das Stück und am liebsten wäre er der Großmutter um den Hals gefallen aus reiner Dankbarkeit, verstaute es sorgfältig unter seinem weitem Hemd, damit es niemand so leicht entdecken konnte.

Zwar war die Mutter alles andere als Begeistert von der Idee, dass ihr, wie sie immer sagte, Kleiner, auf Vogelfang gehen wollte, doch der Großvater überzeugte sie davon, dass Pavlo wirklich alt genug war, eine solche Aufgabe übernehmen zu können.

„Meine Liebe," meinte der Großvater. „Pavlo kennt in diesem Ort wie keiner jedes noch so kleine Schlupfloch, von dem die Deutschen keine Ahnung haben. Und so flink wie der Bengel ist, mache ich mir keine Sorgen."

„Und wenn sie ihn doch erwischen? Was ist dann? fragte die Mutter kleinlaut und der Großvater zuckte lediglich mit den Schultern und damit hatte sich das weitere Gespräch erledigt.

Es war noch dunkel, als der alte Schmied seinen Enkel weckte, Neumond und somit kaum Licht bei dem der kleine Pavlo gesehen werden konnte. Auf seinen geheimen Wegen, die er früher für ausgelassene Spiele für sich entdeckt hatte, schlich er sich aus dem Dorf. Nur das Zirpen der Grillen war zu hören, denn er konnte, womit er seine Mutter oft genug einen Schrecken einjagte, sich fast lautlos bewegen.

Er kannte den Weg, kannte jeden Stein, jede Baumwurzel über die ein Anderer sicherlich gefallen wäre, wich jedem Hindernis geschickt aus, das auf seinem Weg lag. Er wusste wo die Posten waren, kannte ihre Routen, ihre Plätze von wo aus sie einen guten Überblick über die Gegend hatten, so das er ihren Augen entwischen konnte.

Das einzige worüber er sich nicht ganz sicher war, war jener Platz, an dem er sein feines Netz spannen wollte, denn in den letzten Tagen hatte er kaum noch Vögel in den Bäumen gesehen. woran er sich hätte orientieren können. Doch er war fest entschlossen, nicht ohne Beute, ohne einen Fang nach Hause kommen zu wollen. Er wollte einfach seiner Familie beweisen, dass er nicht nur zum hüten der Schafe und Ziegen geeignet war.

Auf einem kleinen Hügel, zwischen zwei alten und mächtigen Olivenbäumen spannte er vorsichtig das Netz, immer darauf achtend, das es sich nicht verdrehte. Vorher hatte er sich genau umgesehen und einen großen Busch in der Nähe entdeckt, unter dem er sich verbergen konnte, damit nicht nur die Vögel, sondern auch vorbeikommende deutsche Soldaten nicht sehen konnten, selbst wenn sie genau davor gestanden hätte. Das Netz selbst war wegen seiner Feinheit erst unmittelbar zu erkennen, wenn man fast schon hineingelaufen wäre. Also machte er sich darum keine Sorge sondern blickte kurz in den Himmel und lies ein kleines Gebet über die Lippen springen.

Langsam brach die morgendliche Dämmerung herein und wie schwarze Schatten wirkten die fernen Berge von Lefka Hora, den Weißen Bergen und die geliebten Sterne verloren mehr und mehr ihren Glanz, bis sie ganz verschwunden waren, was Pavlo in diesen Momenten irgendwie schade fand.

Das Zirpen der Grillen wurde lauter und manchmal war es regelrecht schmerzhaft in den Ohren. Doch Pavlo bewegte sich nicht in seinem Versteck, auch wenn manchmal die Versuchung aufkam, an dem Busch zu rütteln, um die Grillen zu verscheuchen. Er lies das Versteck keinen Moment aus den Augen, denn sobald sich ein Vogel darin verfangen hatte, musste er ihn schnell entfernen, damit andere nicht gewarnt werden und einen Bogen um sein Netz flogen.

Plötzlich waren gleichzeitig zwei dunkle Punkte im Netz, dass sich wie wild hin und her bewegte, unter den Flügelschlägen der gefangenen Vögeln. Vor lauter Freude, weil es eigentlich verhältnismäßig schnell gegangen war, hätte Pavlo am liebsten einen Jubelschrei von sich gegeben, den er jedoch gerade noch unterdrücken konnte. Vorsichtig schlich er sich aus seinem Versteck, den kleinen Leinensack mit einem Strick um die Hüfte gebunden, damit er seine Beute sicher nach Hause bringen konnte.

Zwei kleine Sperlinge hatten sich in dem Netz verfangen, noch immer schlugen sie wie wild mit den Flügeln, doch waren neben dem Kopf auch die Füße darin gefangen, so das es kein Entkommen gab, egal was sie auch versuchten. Zaghaft, fast schon sanft, griff

69

Pavlo nach dem ersten Vogel, befreite ihn vom Netz, jedoch ohne ihn entwischen zu lassen.

„Verzeih mir mein Freund," sagte er ganz leise, schloss dabei die Augen, als der dem armen Tier den Hals umdrehte.

Eigentlich tat ihm das Tier leid, als er es in den Händen hielt, doch er dachte an seine Familie und an den Hunger, der im Dorf vorhanden war, während sich die Deutschen die Bäuche vollschlugen, mit dem was sie aus den Gärten und Feldern der Bewohner einfach genommen hatten, ohne dabei auch nur einen Moment zu überlegen, was den Menschen dann noch übrig blieb.

Bei dem zweiten Vogel fiel es ihm schon etwas leichter, doch auch hier vergaß er nicht, sie bei dem Tier vorher zu entschuldigen, auch wenn er sich sagte, dass es sicherlich seine Worte nicht verstehen würde. Doch ihm gab es das Gefühl nicht ein herzloser Junge zu sein und doch blieb ein trauriges Gefühl, denn schon immer bewunderte er diese Tiere, wenn sie frei durch die Luft sich bewegen konnten, ohne von deutschen Posten ständig kontrolliert zu werden.

Schnell überprüfte er noch einmal das Netz, bevor er sich wieder in sein Versteck machte. Noch drei weitere Vögel gingen in das Netz, bevor die Sonne ihren höchsten Punkt erreicht hatte und es für Pavlo an der Zeit war, sich auf den Rückweg zu machen.

Die Mittagshitze war eigentlich ein guter Verbündeter, denn es war die Zeit, wo sich die deutschen Wachen gerne mal in den Schatten verdrückten und ihre Aufmerksamkeit etwas nachließ. Also genau das, was Pavlo brauchte um ungesehen in das Dorf zurück zu gelangen.

Geschickt verstaute er das Netz wieder unter seinem Hemd, denn unter keinen Umständen wollte er es in die Hände irgend eines Deutschen fallen lassen, denn dazu hatte die Großmutter viel zu viel Zeit und Arbeit aufgewendet, um es ihm mit einem breiten Lächeln in die Hände zu drücken. Und bei den Deutschen wusste man ja auch nie, was sie sich gerade unter dem einen oder anderen Gegenstand gerade vorstellten. Womöglich könnte es ja auch gefährlich sein.

Jetzt musste Pavlo selbst über seinen Gedanken schmunzeln, aber schon so manch harmloses Zeug nahmen einem die Posten weg, weil sie es als eine gefährliche Waffe ansehen wollten. So wie die Flöte von Vangelis, die dessen Vater ihm schnitzt hatte und der Posten als ein Signalgeber für die Andarten hielt. Mann, wie hatte sich sein Freund darüber aufgeregt! Tagelang sprach er von nichts anderem, bis sein Vater ihm erneut eine schnitzte, die er jedoch nie in der Öffentlichkeit mehr zeigte, auch wenn er ganz stolz auf dieses Instrument war.

Pavlo musste einen ungewollten Umweg einschlagen, denn ausgerechnet beim Friedhof des Dorfes stand einer der Kübelwagen der Deutschen und darin drei Soldaten, die die Gegend mit ihren Feldstechern absuchten und nicht gerade in der besten Laune waren, denn dort wo sie standen, gab es keinen Schatten und die Sonne brannte unbarmherzig auf sie hernieder, was Pavlo eine kleine Genugtuung bereitete.

Fast schon Zuhause, an der einzigen Stelle auf seinem ganzen Weg, wo er für einige Meter die Dorfstraße benutzen musste, stieg er an der Ecke mit dem dicken Unteroffizier zusammen, den alle im Ort nur „Schweinebake" nannten, wegen dem fetten Gesicht und Doppelkinn.

„Hallo, Freundchen! Wo kommst du denn her?" brüllte dieser gleich los und noch bevor Pavlo so richtig reagieren konnte, griff die Hand des Mannes nach dem Hemd des Jungen und zog ihn ganz nach an sich heran, so das Pavlo riechen konnte, das bereits einige Raki in diesem Mann verschwunden waren. Noch bevor er eine Antwort geben konnte, griff der Unteroffizier nach dem Leinensäckchen und riss es schmerzhaft von der Hüfte von Pavlo, der am liebsten aufgeschrien hätte. „Und was hast du hier versteckt?"

Gleichzeitig den verstörten Jungen mit der rechten Hand haltend, versuchte er den Beutel zu öffnen, was jedoch nicht gleich gelang. Also drückte er Pavlo gegen die Wand des nächsten Hauses, hob das Knie, drückte es gegen den Bauch von Pavlo, der wieder einen Schmerzensschrei unterdrücken musste, denn gegenüber dem Soldaten wollte er keine Schwäche zeigen, auch wenn es in dieser Situation wirklich schwer fiel.

Kaum hatte der Unteroffizier in den Beutel gesehen, schon versetzte er Pavlo eine schallende Ohrfeige, die sich sehen lassen konnte.

„Zum kleine Vögel zu jagen, da habt ihr Rotzlöffel Zeit, aber nicht um die Schafe ordentlich zu hüten. Kein Wunder dass ständig welche fehlen!" Er nahm das Knie vom Bauch, packte Pavlo am Hemdkragen und stieß ihn von sich fort. „Mach bloß das du nach Hause kommst, bevor ich mich vergesse. Und über die Vögel werden sich meine zwei kleinen Katzen sicherlich sehr freuen."

Hingerissen zwischen Wut und Tränen rannte Pavlo nach Hause, vorbei an der erschrockenen Mutter, die sofort merkte, dass etwas mit ihrem Sohn nicht stimmte, die steile Holztreppe nach oben und warf sich auf das Bett, das Gesicht tief in das Kissen vergraben, denn niemand sollte, falls er zum ihm nach oben kam, seine Tränen sehen.

Nur zögerlich war er später bereit dem Großvater die ganze Geschichte zu erzählen, was ihm geschehen war und wie hilflos er sich gefühlt hatte, weil er noch nicht stark genug war, dem Unteroffizier eines auf den Deckel zu geben.

„Das nächste Mal hast du mehr Glück, dass weiß ich," war die beruhigende Antwort des Großvaters, bevor Pavlo eingeschlafen war.

Die Katzen vom Haus 48 – oder wenn Katzen berichten

Kaffee

Da ich der einzige männliche Vertreter unserer Gemeinschaft ist, muss ich wohl oder übel das Wort ergreifen und, die wir in dem Haus 48 in Agios Konstandinos uns einquartiert haben, vorstellen.

Ich werde übrigens Kaffee genannt, wobei ich mich schon die ganze Zeit frage, wie dieser komische Zweibeiner, mit dem wir das Haus teilen oder besser gesagt, den wir noch dulden, auf einen solchen Namen kommt. Wenn dieser seinen Kaffee trinkt, dann ist der Schwarz wie die Nacht und ich sehe aus, als habe jemand einen halben Liter Milch hinein gegossen. Aber Zweibeiner sind eben schwer zu verstehen.

Himmel ist das ein herrliches Gefühl, zusammen mit den Geschwistern zu liegen, deren Wärme zu spüren, auch wenn manchmal der ganze Katzenkörper auf einem liegt. Doch die Wärme und das Gefühl, nicht alleine auf dieser neuen, unbekannten Welt zu sein, ist der reinste Katzenhimmel, falls es einen solchen geben sollte. Da stört es natürlich auch nicht, wenn mal die eine oder andere Pfote einem an der Nase kitzelt, es stört auch nicht wenn die Geschwister einem im Traum etwas unsanft in die Seite treten. Wichtig ist einfach eines, man geniest die neue Umgebung, auch wenn es geteilt werden muss, mit einem zweibeinigen Wesen, der so riesig ist, dass man das Fürchten bekommen kann. Aber und das ist dass schöne, er lässt uns in Ruhe und versorgt uns auch mit reichlicher Nahrung, sobald wir mit unserem Herz zerreißendem Miaue anfangen.

Das Einzige was im Augenblick wirklich störende ist dieser seltsame Wind, der unangenehm über das Fell bläst und wenn man dann auch noch in der falschen Richtung sich gelegt hatte, einem direkt auf die empfindliche Nase bläst. Da bleibt einem einfach nicht anderes übrig, als den Kopf etwas mehr unter den Körper des Mitschlafenden zu legen, in der Hoffnung, dass dieser dann sich nicht auch die Mühe macht und seine Position verändert.

Wir wurden im Sommer geboren und es war so schrecklich schön warm. Zwar war unsere Mutter ständig unterwegs, kam gerade mal um uns etwas Milch zu geben, aber ansonsten waren wir kleine Katzenkinder alleine und konnten eigentlich Tun und Lassen, was wir wollten.

Ehrlich, so ein richtig schönes Katzenleben und die Welt, die es zu entdecken gab, die war so riesig, so unbekannt und versehen, mit so vielen Abenteuer und Entdeckungen, wie man es sich nur wünschen konnte.

Der kleine Ort, für die seltsamen Zweibeiner, mag er ja klein sein, liegt auf der Insel Kreta und für uns ist er der richtige Platz für viele Abenteuer. Hier es hat viele Möglichkeiten um unserem Bewegungstrieb folgen zu können. Verwinkelte Gassen, Schlupflöcher in alte, verlassene Häuser und Gärten, wo das Gras so hoch steht, dass man sich schön darin verbergen kann und all die vielen Bäume die zum hinaufklettern einladen, selbst wenn es Momente gibt, wo man nicht mehr weiß, wie man hinunter kommen soll. Aber schön ist es trotzdem.

Nur eines können wir nicht verstehen, warum uns die zweibeinigen Zeitgenossen, Katzen nennen. Wir sind wir und wundern uns nur darüber, welche seltsamen Namen sie uns geben. Zweibeiner eben. Die reden ja auch immer so komisch mit uns, sobald sie uns sehen oder etwas zum Essen hinstellen. Die glauben wohl, dass wir sie nicht verstehen? Wir verstehen sie ja auch, doch irgendwie wollen sie unser Miausprache nicht lernen. Und dieses ständige MizMiz, ist auch etwas nervig, vor allem wenn man hungrig ist und sie dann um uns herum schwänzeln und uns nicht in Ruhe essen lassen.

Ich war es auch, der diesen Platz mehr oder weniger entdeckte, auch wenn es für mich damals Stunden gab, wo ich mehr Angst hatte, als den berühmten Katzenmut. Doch der hatte mich verlassen, als ich mich irgendwie zu weit von der Mutter und den Geschwistern entfernt hatte und bei leichtem Regen, zu meiner Schande muss ich das jetzt allerdings zugeben, erbärmlich nach ihnen miaute.

Doch nicht die Mama, sondern dieser Zweibeiner stand plötzlich vor mir, gab seltsame Geräusche von sich, die mich wohl animieren sollten zum ihm zu kommen, was ich natürlich nicht tat, denn bislang hatte er noch keinen Kontakt mit solchen riesigen Wesen, wie jener. Also erst einmal vorsichtig sein, sich klein machen und hoffen, dass es endlich verschwindet oder aber die Mutter zur Hilfe eilte.

Pünktchen

76

Ich bin Pünktchen und ganz ehrlich, ich mag meinen Namen, den mir der Zweibeiner gegeben hatte, denn auf meinem weißen Rücken befinden sich zwei schwarze Punkte und zwei auf meinem schönen weiblichen Kopf. Ich will ja nicht eitel sein, aber ich finde, von uns allen, mag ich wohl die Schönste sein.

Auch wenn ihr das nicht sehen konntet, aber Kaffee hatte mir gerade einen Blick zugeworfen, als wollte er damit sagen: „Was ihr Weibchen euch immer einbildet. Wir Kater sind doch die Schönsten."

Das mag er wohl denken und wir lassen ihn auch bei diesem Gedanken, damit haben wir unsere Ruhe und vor lauter Eitelkeit, weil er ständig um die Beine des Zweibeiner herum strich, hatte er oft vergessen, dass dieses seltsame große Wesen, uns gerade wiedermal etwas zum Essen hingestellt hatte. Gut für uns, denn da machten wir uns immer so breit, dass er kaum an den Teller kam.

Also, ich bin ehrlich, so ganz traue ich dem Zweibeiner immer noch nicht, auch wenn in seiner Stimme immer so ein weicher Ton liegt, wenn er mit uns spricht. Doch man weiß ja nie, was in dem komischen Kopf eines solchen Wesens vor sich geht. Zwar genieße ich auch seine Streicheleinheiten, auf dem Rücken, doch wie gesagt, so ganz geheuer ist er mir nun auch wieder nicht.

Der schönste Platz in dem kleinen Innenhof ist die Treppe. Von hier kann man alles gut überblicken und meistens bin ich auch Diejenige, die immer ganz oben sitzt. Von hier aus kann man so herrlich in den verwilderten Garten des anderen Hauses sehen, beobachten, wie die Vögel von Ast zu Ast fliegen, doch leider immer außer Reichweite von uns. Würde ja mal so gerne eine zwischen die Pfoten bringen und sehen, besser gesagt, probieren, wie diese Tiere, die schon am frühen Morgen mit ihrem Gesang unseren Schlaf stören, eigentlich schmecken.

Da wir gerade vom Schlafen reden. Der Zweibeiner scheint zu wissen, wie man ein Katzenherz erfreut. Zwei zusammengestellte Stühle, natürlich gepolstert, hatte er zusammengeschoben, so dass für uns vier richtig schön Platz ist, damit wir auch einmal etwas Rangeln können, was dem Zweibeiner scheinbar gefällt, denn er unterbricht seine Tätigkeit an dem Computer, dreht seinen Stuhl etwas und schaut einfach unserem manchmal wilden Treiben mit einem Lächeln zu.

Doch Kaffee hat schon Recht, wenn er sagt, dass diese großen Zweibeiner manchmal wirklich seltsam sind. Die können doch tatsächlich ihre Pfoten ausziehen, was sie allerdings Schuhe nennen und stellen sie uns zur größten Freude auch noch hin, so dass wir mit diesen spielen können. Ist das eine Freude, wenn man die Schuhe anspringen kann, um dann den kleinen Katzenkopf in diese zu stecken. Und was am meisten Spaß macht, dass sind diese Schnürsenkel, an denen man sich richtig austoben kann.

Nur eines ist wirklich dabei ärgerlich. Da hat doch der Zweibeiner schöne schwarze Schuhe, die riechen ganz frisch und was macht er? Anstatt uns an ihnen Austoben zu lassen, stellt er sie jedes Mal, wenn er diese auszieht, unerreichbar für uns nach oben. Was soll's es gibt ja auch noch andere Schuhe, die man so richtig schön attackieren kann.

Nase

Jeder der mich betrachtet, fragt sich natürlich, wie ich denn zu dem ungewöhnlichen Namen gekommen bin, denn weder habe ich eine lange Nase, noch sonst eine erkennbare Eigenheit an meinem fein ausgebildeten Riechorgan. Doch das hatte mit der ersten Begegnung mit dem Zweibeiner zu tun und der Tatsache, dass ich mir bei einer unserer wilden Rangeleien, eine kleine blutige Nase zugezogen hatte.

Anstatt also auf mein schön gefärbtes Fell zu achten, auch meinen treuen Blick, den ich vor allem dann richtig einsetzen kann, wenn es um das Betteln von Futter geht, bekam ich diesen seltsamen Namen. Aber meine Geschwister haben es so schon gesagt: „Zweibeiner eben, aus denen man ohnehin nicht schlau werden kann!"

Doch in einem bin ich wirklich froh, dass es diesen Zweibeiner gibt. Er weiß genau an welchen Stellen wir gestreichelt, gekrault, liebkost werden wollen und nie vergeht ein Tag, an dem wir nicht intensiv diese Streicheleinheiten genießen können. Und bei mir weiß er auch ganz genau, dass ich es am Bäuchen am liebsten habe.

Das er mir solche Annehmlichkeiten bereitet ist eigentlich schon ein kleines Wunder, habe ich doch, kaum dass wir das Haus in unseren Besitz genommen hatten, seine Bettdecke als Toilette verwendet. Doch anstatt uns alle aus dem Haus zu werfen, legt der Zweibeiner nun etwas darüber und wir alle haben unsere Lektion gelernt, dass im Garten genügend Platz ist, um sein kleines oder auch größeres Geschäft zu machen.

Doch dieses Bett zieht mich immer wieder magisch an, vor allem wenn der Zweibeiner darin liegt. Da kann man dann so schön auf ihm herum springen, sich hinter den unter der Decke verborgenen Beinen verstecken, die Geschwister spielerisch angreifen, oder aber, was natürlich am Schönsten ist, sich auf der weichen Unterlage so richtig gemütlich niederlassen. Einfach ein kleiner Katzenhimmel.

Gray

Das hat jetzt aber lange gedauert, bis ich endlich auch mal zu Wort komme. Aber sicherlich musste ich nur deswegen so lange warten, weil ich die jüngste, die kleinste, aber doch die schönste Katze bin, die im Haus 48 herum streunen kann und nicht verjagt wird, wie es leider bei manch anderen Häusern doch der Fall ist. Aber diese Zweibeiner haben es wohl immer noch nicht begriffen, dass wir nicht nur gute Mäusefänger sind, sondern auch eine beruhigende Wirkung auf diese riesigen Wesen ausüben, wenn man uns nur lässt.

Und eines habe ich in der Zwischenzeit gelernt, meinen Blick zu zu gestalten, dass der Zweibeiner eigentlich nichts anderes kann, als mir wieder die richtigen Streicheleinheiten zu verpassen. Und ich bin es auch gewesen, die sich in der Nacht als Erste getraut hatte, auf dem großen Bett, neben dem Riesen die Nacht zu verbringen und es war herrlich anzusehen, wie er versuchte unter seiner Decke hervor zu kommen, ohne mich dabei zu stören.

Eines verwundert mich doch etwas und dass ist die Tatsache, dass der Zweibeiner ständig sein Fell wechselt und wir uns immer wieder auf die neuen Gerüche einstellen müssen. Kommt er nach Hause, schon wird ein neues Fell, dass er Kleidung nennt, übergestreift und leider, für uns unerreichbar, an einen der Haken an der Wand gehängt.

Unsereins kommt mit einem Fell aus, dass wir auch sorgsam pflegen oder von den Geschwistern intensiv gereinigt wird, was natürlich ein unbeschreiblich angenehmes Gefühl ist, bei dem man nur noch sich lang machen will und hoffen, dass der Genuss nicht so schnell wieder endet.

Rex unser Hundefreund

Man sagt ja immer, dass sich Hunde und Katzen nicht verstehen, weil wir zum Beispiel, wenn wir uns freuen, den Katzenschwanz hochstellen, während der Hund mit seinem wedelt, was für uns allerdings immer bedeutet, dass uns etwas missfällt. Dadurch kommt es natürlich zu Missverständnisse, die weder für Hund noch Katzen sehr erfreulich sind.

Aber es gibt ja immer wieder die Ausnahme der Regel und dass trifft auch auf unseren leider nicht mehr lebenden Freund den Rex zu. Ein besonderer Vertreter seiner Gattung, den wir sehr vermissen, denn kaum hatte er uns zum ersten Mal gesehen, was bei uns jungen

Katzen natürlich einen gewaltigen Schrecken auslöste, begann er sich langsam uns zu nähern und schon leckte er sanft das Fell von Kaffee, der wie immer seine Neugierde nicht im Zaum halten konnte. Es war eine seltsame Erfahrung, die nasse, große Zunge des Hundes zu spüren und doch war es angenehm zugleich, so dass wir uns gerne belecken ließen.

Dass wir auch das menschliche Bett teilten und dabei dem Zweibeiner auf den Stuhl verwiesen, dass versteht sich von selbst, denn wo wir Katzen und natürlich auch die Hunde sich einmal niedergelassen hatten und es als angenehm empfinden, da ist für kaum jemanden anderen, zumal von dieser Größe, wie der Zweibeiner, Platz genug. Und anscheinend hat es der Zweibeiner auch verstanden, dass es unser Platz ist, solange noch nicht die Nacht hereingebrochen war.

Nur einem konnte man mit Rex wirklich den Streit anfangen, wenn das Futter gereicht wurde und er der festen Überzeugung war, seine Nase in unser Essen zu stecken. Doch nachdem er mehrmals kurz eine mit unseren Pfoten gewischt bekam, hatte er sich nicht mehr erdreistet, dies zu tun, zumal er ja von dem Zweibeiner ebenfalls was bekam.

Also ihr seht, Hunde und Katzen können sich sehr wohl verstehen, auch wenn das so mancher der Zweibeiner nicht glauben will. Es ist nur schade, dass es Rex nicht mehr beweisen kann. Und seine nassen Liebkosungen, sie sind es, was wir am Meisten vermissen.

Madame, die Mutter

Da bekommt man unter Schmerzen vier kleine Rabauken zur Welt, macht sich immer Sorgen um sie, wenn man mal auf der Jagt ist, nährt sie ordentlich und ist dann plötzlich total verwundert wenn sie die schmackhafte, mütterliche Milch kaum mehr genießen sondern sich irgendwo herum treiben.

Natürlich muss man als fürsorgliche Mutter dem ganzen Treiben nachgehen und ist mehr als verwundert die vier Kleinen in trauter Gegenwart eines dieser seltsamen Zweibeiner zu finden, um den sie herumschwanzeln, als sei dieser ein Teil der Familie.

Im Grunde genommen mag ich diese großen Zweibeiner in keinster Weise denn bislang hatte ich noch keinerlei gute Erfahrung mit ihnen gemacht, so ungern ich das hier an dieser Stelle auch zugeben mag. Mir scheint es bald so dass sie uns einfach nicht mögen, wir ihnen vielleicht sogar unheimlich sind, weil wir uns ihnen nähern könnten, ohne das sie es bemerkten. Doch das wir ihr Haus und Hof von den lästigen Plager wie Ratten, Mäuse und anderem Getier freihalten scheinen sie immer wieder zu vergessen. Anstatt unsere Hilfe dankbar anzunehmen streuen sie dann, auch zu unserem Schaden, seltsame Dinge aus, die viel Geld kosten und die Ratten meist nur mit einem hämischen Lächeln quittieren.

Aber es stört sie auch, doch der Hunger treibt uns dazu, dass wir auf der Suche nach fressbarem uns über ihre Abfalltonnen hermachen müssen, denn nicht immer läuft uns eine Ratte über den Weg. Gut ihre Abfälle sind auch nicht immer ein Genuss, doch der Hunger treibt es hinein und was soll man sonst machen?

Verstehe den Zweibeiner wer auch immer will, ich tue es nicht, werde ihnen auch weiterhin so gut es geht aus dem Wege gehen, denn selbst deren Kinder werden schon dazu erzogen mit Steinen und Flachen nach uns zu werfen, oder wenn es sich die Gelegenheit bietet uns mit einem kräftigen Tritt zu traktieren.

Doch dieser eine Zweibeiner, wohl bemerkt, ist anders. Er scheint Unsereins wirklich zu mögen und meine vier Abkömmlinge ihn. Kaum sitzt er auf der Treppe neben dem Haus und meine Katzenkinder haben sich ordentlich den Bauch vollgeschlagen, schon sitzen sie auf dessen Beinen oder neben ihm und genießen die ausgiebigen Streicheleinheiten. Das ist dann ein Geschnurre und sich gegenseitig abzudrängen, dass man nur so staunt.

Oben, an dieser steilen Treppe, lege ich mich dann hin, erfreue mich an der Sonne, die auf meinen Pelz scheint und beobachte das Ganze von sicherer Entfernung aus und freue mich gleichzeitig über das ausgelassene Treiben, das Herumtollen und Spielen meiner Sprösslinge. Mit Wehmut denke ich dabei an meine eigenen Katzenkindheit, als ich in ihrem Alter mich vor jedem Zweibeiner verstecken musste, denn man wusste ja nie. Wie gerne hätte ich auch solches Gekraule im Fell genossen.

Kein böses Wort fällt, keine abwehrende Bewegung, kein nach mir werfen oder treten geschieht, wenn ich es wage die Treppe nach unten zu schleichen, um mir etwas von den Köstlichkeiten die da so ausgiebig auf den Tellern liegen, für mich selbst zu nehmen. Im Gegenteil! Manchmal finde ich sogar einen extra Teller an meinem Platz, den der Zweibeiner für mich bereit gestellt hat. Zuerst schnüffle ich erst ein Mal daran, denn man weiß halt doch nie. Aber bislang bekam mir jedes zugeteilte Fressen außerordentlich.

Es gibt halt doch noch Zweibeiner, die uns nicht als lästige, schmutzige Wesen betrachten, obwohl wir uns ständig putzen wie die Verrückten, sondern als das was wir sind, liebevolle Katzen, die manchmal auch ihren eigen Dickkopf haben. Sie empfinden uns als geschmeidig, kuschelig, anschmiegsam, die sich auch nach Liebe und Zuneigung sehnen. Einfach Wesen der Natur, wie sie uns der da oben geschaffen hat.

Ach wären doch alle Zweibeiner so wie dieser, wie schön könnte so ein Katzenleben sein. Aber leider....

Nova

Ich weiß, Nova ist ein komischer Name für einen Katze. Doch da ich erst später zu dieser Gruppe gestoßen bin und mit keinem der anderen Bewohner, ich meinte Katzenbewohner, verwandt bin, hat mir der Zweibeiner diesen Namen gegeben.

Ich bin jetzt mal ehrlich. Himmel was hatte ich für eine Angst vor diesem Zweibeiner, doch der Hunger, der verlockende Duft trieb mich immer wieder in diesen Innenhof. Zunächst auf Distanz bleiben war die Devise und erstaunt war ich, als auch mir ein kleiner Teller mit Fressen vor die Nase gestellt wurde, obwohl ich zunächst Reißaus genommen habe, mich im nahegelegenen Schuppen verkroch und das Ganze erst einmal aus der Ferne beobachtete. Der Teller blieb stehen, der

Zweibeiner ging einige Schritte zurück, setzte sich auf die Stufen und der Hunger lies nach und nach meine Vorsicht in Gier nach dem Fressen umwandeln.

Lange hatte ich nichts mehr gegessen, mein Fell war ungepflegt, denn ich schlief wo immer es ging und bei Regen hatte ich oftmals keinen Unterschlupf. Doch das schien den Zweibeiner in keinster Weise zu stören. Denn immer wieder stellte er mir meinen eigenen Teller hin, bedrängte mich nicht und es waren die anderen Katzen, die mir das Gefühl der Sicherheit gaben, mich nicht abwiesen, sondern mich unter ihnen weilen ließen. Sogar von Zeit zu Zeit versuchte eine mich zu putzen, was einem ein richtiges gutes Gefühl gab, endlich nicht mehr alleine zu sein.

Es ist wohl wirklich der pure Unsinn, wenn da jemand sagt dass wir Katzen Einzelgänger wären. Das mag manchmal so erscheinen, doch in Gesellschaft mit anderen Artgenossen ist nicht die ständige Angst vorhanden, einsam und verlassen zu sein.

Es brauchte wirklich lange, bis ich den Zweibeiner an mich heran lies, auch wenn ich jedes Mal richtig neidisch zusah, wie die anderen Katzen, dessen Streicheleinheiten genossen und sich rekelten und streckten, damit möglichst viel vom Katzenkörper davon etwas abhaben konnte. Doch ich hatte einfach meine schlechte Erfahrungen mit diesen Zweibeinern gemacht und so etwas bekommt man einfach auch nicht so schnell aus sich selbst heraus.

Nun genieße ich es aus vollem Katzenherzen und wenn sich die Gelegenheit ergibt, dann gelingt es mir manchmal unter die Decke zu schlüpfen, mich eng an den Zweibeiner zu schmiegen und schon falle ich langsam in einen friedlichen Schlaf, der selten unterbrochen wird. Denn welche Gefahr lauert schon auf einen, wenn man einen solch großen Beschützer hat.

Elf auf einen Streich

Also, wenn wir etwas machen, wir reden hier von uns vier Katzen, dann machen wir es einfach Richtig. So auch in diesem Fall, wo wir allerdings den Zweibeiner mehr als nur überraschten, sondern regelrecht auch in einen gewissen Stress versetzten, den wir so aber eigentlich gar nicht beabsichtigen.

Egal wie, wo die Liebe hinfällt, wir drei jungen weiblichen Katzenwesen dieser Wohngemeinschaft wurden zur gleichen Zeit schwanger und wie kann es auch anders sein, kamen auch unsere Jungen fast an den gleichen Tagen. Stimmt zwar nicht ganz.

Pünktchen war die Erste. Sie hatte sich in den großen Schuppen neben dem Haus ein kleines Plätzchen gesucht und fast ohne große Schmerzen vier Katzenbabys zur Welt gebracht, was uns, Nase und Grey natürlich in helle Aufregung versetzte, denn auch wir wollten nach der langen Tragezeit endlich die Kinder auf dieser Welt wissen.

Neugierig beschnüffelten wir die Neuankömmlinge, leckten sie ab, reinigten sie und setzten uns neben Pünktchen, die sichtlich erschöpft war von der Geburt. Und genau das nahm Grey zum Anlass ein Kleines nach dem Anderen sich zu schnappen und ungefragt dem Zweibeiner auf das Bett zu legen, der sichtlich erschro-

87

cken war, denn mit allem hatte dieser gerechnet, doch nicht damit.

Schnell legte dieser irgendwelche wahrlich gemütliche, flauschige Unterlagen auf das Bett, setzte sich neben hin und war sich nicht sicher, wie er sich nun zu verhalten hatte. Doch Pünktchen nahm ihn die Sorgen ab, legte sich neben die Kleinen, die sofort ausgiebig nach der Muttermilch suchten und tranken.

Je größer die Kleinen wurden, umso mehr machte er sich aber auch Sorgen um sie, denn in kurzer Zeit verstarben die Meisten der Kleinen, weil jemand es wohl für sehr ratsam hielt uns die Katzen zu vergiften.

Nase war das erste Opfer und starb auf dem Schoß des Zweibeiners, der die Welt nicht mehr verstehen wollte, so wie auch wir sie in diesen Momenten nicht mehr verstanden. Anstatt froh darüber zu sein, dass wir Haus und Hof von den lästigen Mäusen und Ratten befreien, trachtete man uns nach dem Leben, denn mancher der anderen, nicht unser Zweibeiner, sahen in uns nur Wesen, die in den Mülltonnen nach essbaren suchten, weil sonst nichts für uns zu finden war.

Denn wer will schon in einem Haus, aus dem er vertrieben wird, dem man Steine nach wirft, dessen Kinder schon dazu erzogen werden, so mit uns umzuspringen, wer will d dessen Haus von den Nagern befreien? Aber soweit denken sie nicht, streuen lieber für teures Geld Gift aus, dass nicht nur die Ratten, die Mäuse, sondern auch uns die hilfreichen Katzen tötet. Aber wenn die Futtersäcke für die Schafe, die Getreidesäcke angenagt sind, dann könnten sie auf unsere Hilfe zählen, wenn sie uns nur lassen würden.

Der Zweibeiner

Ist ja super, dass ich endlich auch mal zu Wort komme. Hatte schon geglaubt, die Katzen wollen mich übergehen. Aber als Zweibeiner hat man es einfach nicht sehr leicht, bei den vielen Katzen, die um einen herum tanzen und darauf warten, dass man ihnen die begehrte Dose mit dem Futter oder den Trog voll macht mit dem Trockenfutter.

Hat jemand von diesen plüschigen Dinger sich einmal die Frage gestellt, wie es dem Menschen, dem Zweibeiner ergeht, wenn er so von Heute auf Morgen mit einer ganzen Horde von Katzen konfrontiert wird? Sicherlich nicht, sonst hätten sie mich etwas wohlwollender in ihren Berichten erwähnt.

Aber ich bin das ja in der Zwischenzeit wahrlich gewöhnt. Kaum dass ich mich irgendwo befinde, schon habe ich entweder Katzen oder Hunde an der Backe und ich soll mich dann auch noch um sie kümmern. Ich mache das ja wirklich gerne, doch es gibt auch Momente, gerade dann, wenn ich eigentlich mal ein paar Tage für mich haben will, wo mir diese lieblichen Tiere wirklich einen Strich durch die Rechnung machen.

Ich mache es ja wirklich gerne, denn sie helfen mir bei der Arbeit, ohne dass es ihnen eigentlich bewusst ist. Aber wirklich, manchmal gibt es Momente, wo ich diese Tiere zu Sonne und Mond schicken möchte, weil sie es mal wieder fertig gebracht haben, so wie mit der Geburt von elf kleinen Katzenkindern, mich komplett aus der Bahn zu werfen.

Nichts ist schöner, dass muss ich ehrlich gestehen, als zu sehen, wie solche kleinen Dinger heranwachsen, wie sie sich entwickeln und mit den meinen Beinen so ihre Spielchen treiben. Ich nenne das Katzenakupunktur und ich genieße diese kleinen Stiche auf den Beinen, lege mich entspannt auf das Bett und lasse es über mich ergehen.

Ja, ich liebe Katzen! Ich liebe sie weil sie mir einmal das Leben gerettet haben, mich daran erinnerten, dass ich, obwohl Krebskrank, doch noch für solche kleinen Biester die Verantwortung übernehmen kann, ohne dabei immer nur an mich selbst zu denken.

Ein Hund namens Halloween

Es gibt tatsächlich Leute die behaupten ein Hund wäre kein eigenständig denkendes Wesen, würde nur das tun, was man ihm befiehlt, hat immer nur das Fressen im Sinn und vor allem, hätten sie keinen Humor oder sagen wir es mal in anderen Worten, den Schalk im Nacken. Wer solches sagt, der hat noch nie die Bekanntschaft mit Halloween, dem Hund von Jannis gemacht.

Ach ja, Jannis. Er ist ein sehr guter Freund aus Georgioupolis, an der Nordküste von Kreta, betreibt ein kleines, schnuckeliges Hotel und gehört zu dem Ort, wie die kleine Kirche auf der Insel vor dem Hafen der Gemeinde.

Eines Tages fand er einen kleinen Welpen, gerade so groß, dass dieser auf der flachen Hand Platz gefunden hatte, jämmerlich im Aussehen, verlaust, verdreckt, einfach von jemanden auf den Müllhaufen geworfen. Doch Jannis wäre nicht er selbst gewesen, hätte er das arme Tier dort belassen.

Ganz ehrlich und das jetzt bitte nicht falsch oder gar abwertend verstehen, doch der Welpe entwickelte sich zu einem der wohl hässlichsten Hunde, die man sich vorstellen kann. Wobei ich zugeben muss, dass das mit der Schönheit so ein Ding ist. Während die einen einen Nackthund als schön betrachten, sind es für die anderen vielleicht eine Bulldogge oder ein arroganter Pudel. Eben reine Ansichtssache.

Doch bei Jannis Hund muss man da vielleicht doch eine kleine Einschränkung zu lassen. In ihm scheinen sich wohl alle kleinwüchsigen Hunderassen vereint haben, denn so genau konnte niemand bestimmen, was er eigentlich ist. Auch wurde der Kleine ständig von irgendwelchen Krankheiten geplagt, bei der der Tierarzt oft genug meinte, es sei vielleicht doch besser ihn einschläfern zu lassen. Doch der Kleine rappelte sich immer wieder hoch und sein Lebenswillen war schon wahrlich bemerkenswert.

Aber wie gesagt, da war eine Hässlichkeit an ihm, die ihn allerdings dadurch auch schon wieder Einzigartig machten, wie ich gerne zugeben will. Auf dem Kopf nur einige wenige Haarbüschel, das gleiche auf dem ganzen Körper und nur das Ende der Rute sah eigentlich so aus, wie man es sich von einem Hund, selbst seiner Größe vorstellen wollte.

Jetzt muss ich allerdings noch eines ganz schnell mit einfügen, bevor ich das vollkommen vergesse. Ursprünglich hatte der Hund ja einen anderen Namen, doch lange hielt sich Malo nicht und das lag an dem an den Tag gelegtem Verhalten des Kleinen.

So klein er auch war, doch fing er einmal zu Bellen an, dann hatte man das Gefühl einen kniehohen Hund vor sich zu haben, was die Lautstärke betraf.

Halloween, ein Tag an dem man sich verkleidet und versucht andere Menschen zu erschrecken. Ein Tag an dem viel Unsinn getrieben wird und dies scheint sich der noch „Malo" so richtig zu Herzen genommen zu haben. Leute erschrecken, eine neue, eine schreckliche Leidenschaft des Hundes und schon hatte er seinen neuen, wirklich zu ihm passenden Namen bekommen – Halloween.

Georgioupolis ist ein kleiner, nicht zu überlaufener, angenehmer Touristenort, ohne die hässlichen Bettenburgen wie sie oft und zum Leidwesen der Bewohner irgendwo in die Landschaft gestellt werden. Die Fischer fahren noch immer am Morgen oder am Abend auf das Meer hinaus, der Hafen ist das Ende eines Flusslaufes, der klares, frisches Wasser aus den nahen Bergen in das Meer befördert und auf dessen kleinen Flussinseln sich Scharen von Gänsen bevölkern, die fast schon zu einer Attraktion für den Ort geworden sind.

Ob nun Deutsche, Engländer, Norweger oder Schweden, sie alle, oder wenigstens die Meisten von ihnen kommen nicht zu ersten Mal in diesen Ort und viele von ihnen, ob es ihnen nun gefiel oder nicht machten ihre schreckhafte Bekanntschaft mit Halloween.

Doch eines nach dem Anderen. Wie gesagt, dieser Hund wurde nie sehr groß, passte also unter fast jedes Auto, sofern, was auf Kretas Straßen vollkommener Unsinn ist, dieser nicht tiefer gelegt war. Und wie die vielen Katzen, die diesen Ort auch bewohnen, war so eine Deckung unter einem solchen Auto genau der richtige Platz, um sich auf die Lauer zu legen.

Touristen und ihre Füße. Himmel darüber könnte man fast schon eine wissenschaftliche Arbeit schreiben, so unterschiedlich und doch so gleich. Mal sind sie in ordentlichem Schuhwerk versteckt, dann wieder in Sandalen, bei manchen, ganz wie das Vorurteil es sagt, mit den berühmten weißen Tennissocken, andere barfuß in diesen Sandalen oder diesen aus Plastik bestehenden Flipflops. Die Fersen gepflegt, da man gerade von einem der Fisch-Spah sich verwöhnen lies, andere dagegen in einem Zustand, bei dem man sich wirklich wundern muss, dass sich, meist sind es Frauen, jemand so in die Öffentlichkeit traut. Alleine beim Hinsehen tun mir dann schon immer wieder meine eigenen Füße weh.

Aber genau diese Fersen sind es, die es Halloween angetan haben. Dutzende von Fußpaaren lies er an sich vorbei schreiten ohne sich auch nur einen Millimeter zu bewegen. Wehe aber eine dieser ungepflegten Fersen wurden von seinen wachsamen Augen entdeckt, konnte der Spaß, wenigstens für den Hund beginnen.

Stufe eins. Lasse das Opfer ahnungslos an dir vorbei schreiten. Warte etwas damit dein hinaus sprinten auch die richtige Energie entwickelt.

Stufe zwei. Mit voller Energie aus dem Versteck auf die Beine zuspringen und dabei lauthals das Opfer anbellen, bis dieses vor lauter Schreck einen entsetzlichen Schrei von sich gibt und einen gewaltigen Sprung zur Seite macht.

Stufe drei. Sofort sich auch die Hinterbeine setzen, das Opfer unschuldig betrachten, so als wisse man gar nicht was gerade geschehen ist, leicht mit der Rute wedeln um zu zeigen, dass man doch so ein lieber, kleiner Hund ist und innerlich sich richtig freuen, das es mal wieder gelungen ist.

Wer solch einen Scheinangriff von Halloween einmal miterlebte, der setzte sich sicherlich die nächsten Tage vor Jannis kleinem Hotel, genoss den Wein, den Raki oder am Montag das wunderbare Essen von Sophia und wartete gespannt auf das nächste Opfer.

Manche von ihnen machten sich sogar einen Spaß eine kleine Wette abzuschließen, welches Beinpaar wohl von Halloween ausgesucht wird. Dann wartete man und ergötzte sich an dem oft markerschütternden Schrei der Frau, deren hektische Bewegungen und dann die Erkenntnis gerade vor einer handvoll Hund sich fast in die Hose gemacht zu haben, weil man der Ansicht war ein tollwütiger Riesenhund habe es gerade auf einen abgesehen.

Halloween war in seinem Element, genoss den Spaa, den er verbreitete, aber auch den Schrecken. Dann zog er sich wieder in sein Versteck zurück und wartete auf das nächste Opfer, dass sicherlich nicht lange auf sich warten lies. Und da sag mal noch einmal das Hunde nicht auch einen gewissen Sinn für Humor haben!

Der Jäger und der Kri Kri

Mit peinlicher, übertriebener Peinlichkeit, reinigte er seine Flinte, die ihm vor nun mehr fünfunddreißig Jahre sein Vater zum fünfzehnten Geburtstag geschenkt und somit zu einem Mann erklärte, wie er damals meinte, als er dieses schön gearbeitete Gewehr seinem Sohn überreichte. In all den langen Jahren hatte die Flinte ihm gute Dienste geleistet, nie gab es eine Ladehemmung und mit stolz konnte er sich oder besser gesagt, wurde von den anderen Jägern, zu einem Jäger der besonderen Art erkoren. Was immer das auch heißen sollte, wie er sich selbst oft fragte.

Mehrmals lies er die Reinigungskette durch den Lauf gleiten, warf danach wieder einen Blick durch das Rohr, damit ihm auch nicht das geringste Staubkorn entging, dass einen guten Schuss verhindert hätte. Denn dieses Mal, bei seiner vorerst letzten Jagt dieses Jahres sollte es endlich klappen, nach all den langen Jahren der vergeblichen Pirsch nach diesem einem Tier, dass noch immer in seiner Sammlung fehlte und wie ein loderndes Feuer in ihm brannte, weil er es nicht erlegen konnte.

Versonnen blickte er auf die gegenüberliegende Zimmerwand, betrachtete die ausgestopften Tiere, die er erlegt hatte, doch das war diese eine große freite Stelle, die frei geblieben war und das störte ihn gewaltig.

Schon lange, noch als sein Vater lebte wurde dieser besondere Platz an der Wand des geräumigen Wohnzimmers dafür freigehalten, denn auch dieser war Zeit seines Lebens auf der Jagd nach dem Tier, doch nie war es ihm vergönnt es vor die Flinte zu bekommen. Er, der Sohn wollte es da besser tun, wollte allen zeigen was für ein Kerl er trotz seiner fünfzig Jahre noch immer war.

Wieder kümmerte er sich um seine Flinte. Mit einen feinen Haarpinsel bestrich er die mit Waffenöl getränkten feinen Borsten sorgsam alle mechanischen und metallischen Teile, bis er endlich mit dem Ergebnis zufrieden war. Dann nahm er sich noch den hölzernen Schaft vor, der mit Möbelpolitur eingerieben und dem feinen Baumwolltuch poliert wurde. Er baute alles zusammen. Überprüfte mehrmals die Mechanik des Abzuges, lockerte etwas die Feder, damit das Abzugsgewicht geringer, der Schussabzug leichter zu betätigen war, bis er endlich zufrieden war.

Wortlos wie immer, wenn er sich um seine Waffe kümmerte, stellte ihm seine Frau eine kleine Tasse des griechischen Kaffees und ein Glas Wasser auf den Tisch, denn wenn er sich mit dem Gewehr befasste tat man tunlichst daran, ihn nicht anzureden. Fast ausfallend wäre der sonst so ruhige Mann geworden. Und in den vielen Ehejahren mit ihm, wusste sie genau wann es Zeiten zum Reden und Zeiten zu schweigen gab. Und dies war einfach einer zum Schweigen.

Georgios Leinarkis war der größte Grundbesitzer im Ort, hatte die meisten Olivenbäume, die meisten Ziegen und Schafe in seinen Ställen, betrieb den Molkerei- und Käsebetrieb, seinen einzigen Sohn hatte er ein kleines Hotel aufgebaut, damit dieser den Ort nicht verließ, war der Bürgermeister des Ortes, gehörte zu den Epitropen[14]

---

14 Epitropen - Mitglieder des Kirchengemeinderates, die in den Gemeindekirchen gewisse Überwachungs- und

der Kirchengemeinde und sein Wort galt etwas in diesem kleinem, doch ordentlichen Ort im Herzen der Weißen Berge von Kreta.

Eigentlich hatte er alles alles um ein zufriedenes Leben zu führen, sich gemütlich auch mal auf die große Terrasse des Hauses zu setzen und um das Leben zu genießen. Wenn da nicht dieses eine, dieses verfluchte Tier gewesen wäre. Der Kri Kir!

Welch wunderbare Lieder und Legenden wurden über diese kretische Art von Steinbock geschrieben. Einer der berühmten aus Anogia stammenden Musiker schrieb fast schon ein Liebesleid für dieses Tier, das mit hoch aufregendem Gehörn vor vielen Häusern als Statue seinen Platz gefunden hatte.

Ja, es gab sogar im Nachbarort eine Familie, die nach dem edlen Tier sich nannten und mit stolzer Brust von sich sagen konnten, ich bin ein Akrimi, auch wenn bis zum heutigen Tage niemand so recht wusste, wie sie eigentlich zu diesem Namen kamen. Doch, ganz ehrlich, das war diesen und auch den anderen Leuten egal, die Hauptsache war doch das Symboltier von Kreta über dem Eingang des Kafeneion hängen zu sehen. Und dieses edle Tier zu jagen, zu erlegen, galt schon immer bei den kretischen Männern als eine besondere Herausforderung, der man sich einfach stellen musste.

„Wann willst du los?" fragte die Frau kurz angebunden, als sie die leere Tasse und das halb volle Glas Wasser vom Tisch räumte.

Ordnungsfunktionen ausübten und auch verantwortlich sind für den Unterhalt des Kirchengebäudes.

„Am späten Nachmittag!" Sorgfältig verstaute er das Gewehr in der ledernen Tasche, stellte diese dann neben dem bereits gepackten kleinen Rucksack, bevor er seinen Blick wieder in Richtung seiner Frau wendete. „Ich werde oben in Siffi`s[15] Schäferhütte übernachten, damit ich noch bei Tageslicht oben am Berg sein kann."

„Gehst du noch in der Kirche vorbei, um ein Gebet zu sprechen," fragte die Frau, obwohl sie in dieser Beziehung die Antwort schon kannte.

„Meine Liebe, was soll ich in der Kirche." Fast schon ein abfälliges Lächeln überzog seine Lippen, obwohl er wahrlich ein rechtgläubiger Mensch war. Doch seiner Ansicht nach, konnte die allerheiligste Mutter Gottes ihm da kaum den richtigen Beistand leisten. „Da müsst ich schon in eine andere Kirche gehen und dazu fehlt mir eigentlich die Zeit."

„Mann, versündige dich nicht. Dafür muss immer Zeit vorhanden sein!" Schnell machte die Frau ein Kreuzzeichen über der Brust. „Die Mutter Gottes soll dafür sorgen, dass du wieder heil vom Berg kommst. Für deine Jagt ist jemand anderes zuständig." Ernst blickte sie ihn nochmals an.

„Ist ja schon gut." Georgios kannte den Blick seiner Frau und in diesem Fall war es doch besser, ihren Willen gerecht zu werden. „Ich verspreche dir, bevor ich hochfahre, schaue ich bei Panagia noch vorbei, damit deine Seele endlich Ruhe gibt."

Es war eine unruhige Nacht gewesen und noch nie hatte er in all den Jahren, seit er hier auf diese Schäfer-

---

15 Siffi – griechische Kurzform für Joseph

hütte kam, so schlecht geschlafen, außer wenn er mal wieder mit Freunden hier oben in der Einsamkeit der Berge ausgiebig gefeiert hatte und etwas zu viel hinter die Binde sich gekippt hatte. Doch das zählte nicht, war die Folge von anderen Umständen, die man schnell wieder aus dem Gedächtnis streicht, denn als echter Kreter hatte man ja nie einen Kater, sondern nur eine vorübergehende Unpässlichkeit, oder wie auch immer man den dicken Schädel dann benennen wollte.

In der Nacht war ein leichter Sturm aufgekommen und unablässig bewegte er Dinge mit lauten Getöse, lies diese gegen die Wand des oben auf der Bergkuppel stehenden Gebäudes knallen, bewegte lose Bretterlatten oder suchte sich irgend ein kleines Loch durch das es einen eigenartig hellen Ton erzeugen konnte, der durch Mark und Bein ging, dann wieder knallte er mit voller Wucht gegen die Tür, gleich so, als sollte diese aus ihren Angeln geworfen werden.

Normalerweise machten ihm solche Geräusche nie großen Kummer und wenn er schlief, so einmal die Aussage seiner Frau, dann konnten ihn nicht ein Mal zehn Pferde wecken, selbst wenn die im vollen Galopp durch das Schlafzimmer brechen würden.

Drei Mal stand er in der Nacht auf, entzündete die auf dem Tisch stehende Kerze, drehte sich mit leicht zittrigen Fingern eine Zigarette und rauchte mehr oder weniger ohne wirklichen Genuss. Dann warf er sich wieder ins Bett, um erneut sich unruhig hin und her zu wälzen, bis er endlich für kurze Zeit wieder einen wenig erholsamen Schlaf gefunden hatte, bis ihn erneut etwas aus dem Bett trieb, das er sich nicht erklären konnte.

Mürrisch gelaunt stand er bei dem ersten, hinter den hohen Bergen erscheinenden Tageslicht auf, trat ins Freie und warf einen prüfenden Blick in den scheinbar klaren Morgenhimmel, bevor er sich unter dem kalten Wasser, was aus einem kleinen Brunnen neben dem Haus floss, ordentlich die noch vorhandene Müdigkeit aus dem Gesicht rieb. Er hätte den installierten Warmwasserboiler verwenden können, denn schon seit einigen Jahren war auf dem Dach der schön gestalteten Schäferhütte, nein sagen wir lieber, Schäferhäuschen, eine moderne Solaranlage angebracht. Aber kaltes Wasser so sagte er sich, weckt die Lebensgeister und vor allem die Blutzirkulation.

Ja, so dachte er sich, als er wenig später mit einem auf dem Gaskocher zubereiteten griechischem Kaffee auf die einladende Terrasse trat, das wird ein guter Tag für die Jagd.

Der Wind hatte in der Nacht gedreht, kam nicht mehr vom Süden, der sonst die Warme Luft gebracht hätte, sondern es hatte aufgefrischt. Bei einem solchen Wetter wird sich der Kri Kri nicht in versteckten, schattigen Plätzen verkriechen, um der Sonne zu entgehen, sondern sich den Bauch für den Winterspeck vollschlagen, denn meistens fiel in den Wintermonaten reichlich Schnee und dann hätte er seine Probleme.

Belustigt, den Duft des Kaffees unter die Nase haltend beobachtete er einen vereinzelten Wolkenfetzen, der ständig durch den Wind seine Form veränderte und wie er es als Kind schon oft genug gemacht hatte, versuchte er Tiere oder sonstige Formen zu erkennen. Das Kind im Manne, wie er sich eingestehen musste.

„Ja natürlich, der Frühaufsteher Leinarkis ist doch schon wach," wurde Georgios aus seinen Betrachtungen gerissen. „Da gibt man sich die Mühe schnellst möglich wieder in der Hütte zu sein, um den alten Brummbär zu wecken und was macht er?" Siffi, setzte mit einem breitem Grinsen seine kretische Umhängetasche ab. „Er steht da, trinkt alleine einen Kaffee und ich kann sehen wie ich zu meinem komme."

„Der frühe Vogel fängt den Wurm," antwortete Georgios und wies mit dem nach hinten zeigenden Daumen auf den Eingang zum Haus, gerade so als wollte er sagen: ‚selbst ist der Mann'.

„Vögel die am Morgen lauthals singen, die holt am Abend die Katze," gab Siffi lachend zurück, setzte sich auf die hölzerne Bank an dem ein kleines Kästchen angebracht war, öffnete dieses, holte den berühmten Tonkrug und zwei Becher hervor, die er dann auf den Tisch stellte.

Die beiden Männer kannten sich seid ihrer Kindheit, waren zusammen in die Schule, ins Lyzeum und Gymnasium in Chania gegangen, waren gegenseitig die Taufpaten des ältesten Sohnes des Anderen und, darüber lachen sie heute noch ausgiebig, machten sie auch noch zusammen ihren Wehrdienst bei den Fallschirmjägern hier auf Kreta, was sie jedem, sobald das Thema Militär irgendwie ins Gespräch gebracht wurde, unter die Nase rieben, ob derjenige es hören wollte oder nicht.

„Kali mera[16], du alter Halunke, wo kommst du denn her." Georgios setzte sich auf die an der Terrassenmauer

---

16 Kali mera – Guten Morgen oder guten Tag

angebrachte Steinbank. „ich habe dich und dein grässliches Schnarchen heute Nacht schon vermisst."

„Ich war drüben bei Manolis," Siffi schnaufte laut aus. „Einer seiner prächtigen Hammeln hatte sich das Bein gebrochen und er hoffte ihn könnte ihm dabei helfen. Doch leider konnte er das arme Tier nur noch von den Leiden befreien, denn bei einem offenen Bruch, bin selbst ich überfragt."

„Und das will was heißen!" Kurz nickte Georgios und machte dabei ein betrübtes Gesicht. „Und wie geht es Manolis selbst, jetzt wo seine Frau gestorben ist?"

„Naja, wie soll es ihm schon gehen." Schnell öffnete der Schäfer die Tonflasche und goss beiden einen ordentlichen Schuss Raki in die Becher, gleichzeitig schüttelte er leicht den Kopf. „Ich bin mal ganz ehrlich, aber diese neumodischen Krankheiten, hat es doch früher nicht gegeben. Da haben die Leute gesund gelebt."

„Ob es die damals noch nicht gegeben hatte, das bezweifle ich. Nur heute, mit der ganzen verdammten Chemie in der Luft und in den Lebensmitteln, treten sie halt öfters auf, als es uns lieb ist" Schnell griff Georgios nach seinem Becher. „Jamas[17]. Auf das wir von solch einer Pein verschont bleiben und solch ein Kelch an uns vorüber gehe."

„Du meinst aber jetzt nicht den Raki," versuchte Siffi die trübe Situation etwas aufzulockern und ebenso wie sein Gegenüber wurde der Becher mit einem Zug leer getrunken.

---

17 Jamas – Auf dein Wohl – griechischer Trinkspruch

Schnell wurde der Becher wieder gefüllt. Der Schäfer stand geschwind auf, verschwand im Haus um kurze Zeit später mit Brot, Käse, Oliven zurück zu kommen.

„So wie ich dich kenne, hast du außer deinem heiß geliebten Kaffee noch nichts zu dir genommen."

„Himmel, du bist ja schon fast so schlimm wie meine Frau," feixte Georgios, griff in seine Hosentasche und holte, obwohl auf dem Holzbrett bereits in Messer lag, sein typisches kretisches Messer hervor und schnitt sich ein Stück Käse herunter."

„Gott bewahre," Siffi brach etwas Brot ab, reichte es seinem Freund. „Mir reicht schon meine Frau, du hättest mir in meiner Sammlung gerade noch gefehlt."

Er blickte kurz zu den steil aufragenden Bergen. „Ach ja, bevor ich es vergesse. Ich hatte Manolis gesagt dass du zur Jagd nach oben kommst und was du jagen willst und er meinte, dass er gestern einen schönen großen Kri Kri mit ausladendem Gehörn oben am Kahlen Hang gesehen hatte und dies sollte ich dir ausrichten."

„Na, dann weiss ich ja, wo ich heute hin muss!"

„Ja, aber erst wenn du ordentlich gefrühstückt hast, sonst lasse ich dich nicht von hier gehen!"

„Ist ja schon gut Mama," gab Georgios spöttisch zurück und mit dieser Nachricht schmeckte die dargebotenen Speisen um ein vielfaches besser

----

Der Kahle Hang hatte seinen Namen nicht zu Unrecht, denn auf ihm waren nur Felsen, Geröll, loses Gestein, dass bei der ungeschickten Bewegung eines unkundigen Wanderer sich sofort in Bewegung setzte und einen kleinen Steinschlag verursachte. Er befand sich an einer hohen Wand, die Georgios immer wieder bewunderte und sich immer wieder fragte, wie touristische Bergsteiger auf die Idee kamen, ausgerechnet diese Wand besteigen zu wollen.

Doch, so sein Gedankengang, bei Touristen weiss man ja nie, was in deren Köpfen vor sich ging. Insgeheim mochte er sie nicht, doch für das kleine Hotel seines Sohnes, aber auch für seine Käserei waren sie halt doch von einem wichtigen wirtschaftlichen Faktor geworden. Trotzdem, er versuchte ihnen so gut es ging einfach aus dem Weg zu gehen, denn manchmal hatte er einen wirklich dicken Hals, wenn er sah, wie die leeren Plastikflaschen in der Gegend herum lagen und sich niemand darüber Gedanken machte, wie dies schädlich für die Umwelt sei.

Als er einmal zu Besuch bei seinem zweiten Sohn in Rüsselsheim war, weil dieser bei Opel arbeitete, bewunderte er immer wieder das Pfandsystem der Deutschen. Doch jeglicher Versuch solch ein System auch auf Kreta aufzubauen, scheiterte immer wieder an dem Starrsinn ausgerechnet jener Touristen, die sich dann auch noch darüber bescherten, dass soviel Plastikmüll in der Landschaft verstreut sei und man doch endlich mal etwas dagegen unternehmen sollte. Aber die Glasflaschen, die nehmen sie nicht und einen Pfand wollen sie schon gar nie nicht bezahlen, denn dann müssten sie ja ihren Müll wieder in die modischen Rucksäcke packen und an einem der Läden abliefern. Doch das ist ihnen zu umständlich. Lieber zur Plastikflasche greifen und dann in einem unbewachten Augenblick, schnell in die Landschaft werfen. Dann kommt man mit dem angeblich „Grünen Herzen" zurück und beschwert sich über den Müll. Verstehe, wer immer das will.

Doch war es nicht an der Zeit sich mehr als für einen kurzen Moment Gedanken über diese Unart der Touristen zu machen. Nun galt es den König der Tiere von Kreta zu erlegen, damit endlich der freie Platz in seinem Wohnzimmer ausgeschmückt war und er stolz jeden zeigen konnte welch ein großartiger Jäger und kretischer Mann er doch war.

Noch immer leicht benommen von dem betörendem Duft von Lavendel und Origano, fast eine Stunde lief er durch aus gedehnte Felder dieser Pflanzen von der Schäferhütte bis an den Kahlen Hang. Hasen waren vor ihm fluchtartig in ihren bekannten Sprüngen geflüchtet, Ein Adler fühlte sich durch die Anwesenheit des Menschen gestört, missmutig gab er dies kund, bevor er mit mächtigen Flügelschlägen sich in die Luft erhob. Doch jedes Mal blieb die Flinte unbenutzt, selbst wenn es wahrlich lohnenswerte Beute an diesem Tag gewesen wäre. Über seinem Kopf kreisten Geier auf der Suche nach Fressbaren, doch auch sie, selbst wenn sich einer freiwillig präsentiert hätte, verschwendete Georgios keinen Gedanken und schon keine Munition.

Zwischen dem kahlen Gestein wuchs der Malotiri, der hier oft von eifrigen Kräutersammlern gelesen und für teures Geld an die Touristen verkauft wurde. Dazwischen andere Kräuter und Pflanzen, deren Namen er sich nie hatte merken können. Warum auch? Sie waren nur so weit für ihn von Interesse, als dass sie ihm zeigten, dass dies sicherlich ein guter Platz war, wo der Kri Kri nach schmackhaftem Grünzeug Ausschau hielt und genau für ihn, den Jäger auch der richtige Platz sich auf die Lauer, auf die Pirsch zu legen.

Mit geschultem Blick suchte er den Hang ab, suchte nach dem geeigneten Standort wo er sowohl verborgen und doch die Übersicht, das gute Schussfeld für sich hatte. Lange brauchte er nicht zu suchen, denn ein großer Fels, daneben mehrere kleinere waren für ihn bestens geeignet. Also machte er sich an den beschwerlichen Anstieg, immer in kleinen Serpentinen nach oben, bis er zu der besagten Felsenkombination kam.

Jetzt erst einmal etwas zu Atem kommen, dachte er sich, als der den Rucksack ablegte, das Gewehr sorgsam aus der Ledertasche nahm, es mit noch mehr Sorgsamkeit gegen einen der Felsen lehnte, um dann die kleine, noch von seiner Großmutter gefertigte Decke hervor zu holen, auf die er sich dann setzte. Unwillkürlich tätschelte er leicht die Decke, denn sie hatte ihm immer Glück gebracht und so sollte es auch heute wieder sein. Also schön die Decke streicheln, so sein Aberglaube und jeder angesetzte Schuss wird sitzen.

Leicht über einen der kleineren Felsbrocken gelehnt prüfte er die Windrichtung und war zufrieden, denn der Wind blies genau in seine Richtung und hinter ihm war nur der steile Hang, so dass keine vertreibende Witterung von ihm über das freie Gelände geweht werden konnte. Ideal, wenn nicht sogar perfekt dachte er sich. Jetzt musste nur noch der Bock mit dem großen Gehörn erscheinen und er Georgios Leinarkis war mit sich und der Welt vollkommen zufrieden.

Die Sonne zog langsam ihre Bahn über den Himmel und machte, als sie die Felsengruppe streifte den Jäger doch etwas müde und er merkte erst jetzt, wie wenig Schlaf er in der vergangenen Nacht doch nur erhalten hatte. Also setzte er sich mit dem Rücken gegen den großen Felsen, schloss die Augen, doch innerlich war sein Körper darauf trainiert, sobald am Hang ein Geräusch zu hören, dass er sofort hellwach war. Diese Technik hatte er sich in den langen Jahren seiner Jagd angeeignet und hatte bislang auch immer bestens funktioniert.

Es war ein Dösen zwischen Schlaf und Wach, das Gewehr über den Schoß gelegt, vorher sich vergewissert dass es gesichert war und nicht unabsichtlich ein Schuss hätte sich lösen können und nun suchte der Körper die Erholung, denn er musste sich selbst zugestehen, dass ihn der Aufstieg doch etwas mitgenommen hatte. Aber was, so seine Gedanke, ist die Anstrengung, wenn die große Belohnung auf einen wartet. So gedacht verfiel er doch in einen tieferen Schlaf, als er es sich vorgenommen hatte.

Ein seltsames klapperndes Geräusch, erst weit entfernt, dann immer näher kommend weckte Georgios auf und er brauchte einige Momente um sich in der ungewohnten Umgebung wieder zurecht zu finden. Verwirrt blickte er zunächst über den kleinen Felsen, konnte jedoch nichts erkennen und doch war da immer noch dieses Geräusch, dass er nun als herabrollende Steine einzuordnen wusste. Schnell drehte er sich um und erkannte was da auf ihr zugerollt kam. Ein Steinschlag! So schnell es ihm nur möglich war sprang er hoch, hechtete fast über den kleinen Felsbrocken und wollte sich gerade hinter den Großen verkriechen, als ihn mit voller Wucht etwas schmerzhaft am Kopf traf.

Mach ich jetzt die Augen auf, oder lasse ich sie geschlossen, dachte sich Georgios, als er erwachte,

„Ich würde sagen, er macht die Augen auf damit er sehen kann, dass ihn diese Welt noch immer hat," ertönte über ihm eine seltsam dunkle Stimme, die ihm jedoch unbekannt war. Gleichzeitig aber erschrak Georgios, denn er hatte ja das mit den Augen nur gedacht und nicht ausgesprochen, wie also konnte die Stimme seine Gedanken wissen.

„Es, der Mensch mag dazu nicht in der Lage sein, doch wir können dies wenn es von Nöten ist."

So jetzt ist es aber genug. Georgios schlug schnell die Augen auf und hätte sie im nächsten Moment gerne gleich wieder geschlossen, denn über ihm, auf dem großen Felsblock, hinter dem er den Schutz gesucht hatte, stand ein Kri Kri mit einem Gehörn wie er es noch nie in seinem Leben jemals zu Gesicht bekommen hatte.

„Moment," Georgios rieb sich schnell die Augen, doch das vermeintliche Trugbild es blieb bestehen und das Tier stand immer noch an seinem Platz. „Redest du gerade mit mir?"

„Sieht er einen Anderen als uns vielleicht?" kam als Antwort und tatsächlich bewegten sich die Lippen des Steinbockes leicht.

„Himmel, ich muss Tot sein." Fast verzweifelt kamen die Worte aus dem Mund des Menschen.

„Den Gefallen hat er der Welt noch nicht getan," kam als fast schon ironische Antwort zurück.

Georgios wollte sich bewegen, denn er war sich sicher die Flinte bei seinem Sprung über den Felsen in der Hand gehabt zu haben und jetzt, wo dieser kapitale Bock so vor ihm stand, wäre es doch die beste Gelegenheit. Doch so sehr er sich bemühte, sein Körper wollte seinem Willen nicht gehorchen und so blieb er regungslos liegen, immer den Kri Kri über sich im Blickfeld.

„Hallo, geht es noch," sagte Georgios schließlich. „Du redest da über mein Leben. Ist dir das bewusst."

„Sicher ist uns das bewusst," Wieder waren da diese seltsamen Bewegungen der Lippen. „Und was ist mit unserem Leben?"

„Was soll damit sein?"

„Warum ist er hier. Was hatte er vor bevor ihn der Berg gestoppt hat?"

„Dich zu jagen." Er stockte einen Moment. „Ich glaub ich spinne jetzt wirklich! Ich rede mit einem Tier welches mir auch noch seltsame Fragen stellt."

„Was ist an unserer Frage so seltsam? Deine Antwort war, um uns zu jagen. Warum?"

„Ja, um dich zu jagen. Denn es gibt für uns Kreter kaum eine größere Ehre, als eines von euch Kreaturen zu erlegen."

„Ehre? Was versteht er von Ehre?" Der Kri Kri schüttelte energisch den Kopf. „Eine Ehre ist es die Natur zu schützen, sie so zu belassen, wie sie der Erschaffer der Welt eingerichtet hat." Der Kri Kri hob den Kopf. „Sieh nach

oben. Siehst du noch den Adler in großen Schwärmen
über die Berge gleiten, die Geier und all die anderen Vögel, die frei geboren wurden um frei in der Luft zu schwe-
ben. Wo sind sie geblieben? Bis auf wenige habt ihr sie
ausgerottet, weil es euch zur Ehre reichte."

„Die Adler und Geier haben unsere Schafe und Lämmer
gerissen. Also mussten wir doch unser Hab und Gut vor
diesen schützen."

„Nahm der Adler das gesunde oder das kranke Lamm?"

„Das weiss ich doch nicht?" Langsam kam ein gewisser
Zorn in Georgios hoch weil er so daliegen musste und
dieses Gespräch mit dem Kri Kri führte, das er eigentlich
nicht wirklich führen wollte.

„Es scheint nichts von der Natur zu wissen und doch gibt
er sich als Wissender. Der Adler schlägt nur das kranke
Lamm, dass nicht hätte lange überleben können." Er
machte ein kleine Pause, blickte mit seinen braunen Augen hinunter zu dem Menschen. „Aber er und seinesgleichen haben dem Adler die Hasen genommen, sie mit
den Feuerspeien, tödlichen Rohren getötet. Wie also
sollte er seine Horst ernähren? Hat er schon einmal darüber nachgedacht?"

„Die Hasen zerstören die Gemüsebeete, also ist es besser sie zu schießen, bevor man selbst den Hunger erlei-
den muss."

„Falsche Antwort hat er gegeben, denn er denkt nicht lo-
gisch. Dort wo der Adler frei seine Bahnen ziehen konnte, war der Hase rar, denn er wurde zur Beute des
großen Greifers. Doch anstatt seine Hilfe dankend anzunehmen hat er ihn was ausgerottet."

„Jetzt willst du mir sicherlich weiss machen, dass es unser eigener Fehler war, dass es so viele Hasen gibt."

„Sicher, denn wenn er und Seinesgleichen das Gleichgewicht der Natur beachten würden, wäre für ihn der Hase keine Plage, sondern ein seltenes Schauspiel."

„Wieso redest du eigentlich so geschwollen," fragte Georgios schnell, in der Hoffnung das Gespräch in eine andere Richtung lenken zu können."

„Wir reden so, wie wir es immer taten. Was stört ihn daran."

„Genau das, dieses Er und Ihn und wenn du von dir selbst sprichst, dann auch nur in der dritten Person. Das ist doch total verrückt."

„Beklage ich mich darüber, wie er spricht? Beklage ich mich darüber, dass er nicht wie wir es gewohnt sind uns mit Respekt begegnet. Nein, denn der Mensch stellt sich seit er auf dieser schönen Insel ist, immer über die Tiere und nicht neben ihnen, so wie es die Natur geschaffen hat."

„Das Tier sei dem Menschen Untertan." Kaum hatte er die Worte ausgesprochen, schon fragte er sich warum er dem Kri Kri mit einem Bibelzitat kam, wo dieser sicherlich nicht im Stande war dieses Buch zu lesen.

„Kein Tier, mag es noch so schwach sein, ist der Untertan eines anderen Tieres. Wieso also stellt ihr euch über die Natur."

„Weil wir Menschen sind."

„Wohl denn, Mensch." Ein seltsamer Ton lag in der Stimme des Tieres. „Wie lange versucht er uns jetzt schon zu jagen? Ist er nicht schon sein ganzes Leben hinter uns her, so wie es auch sein Vater war. Was also treibt euch an? Und komme er mir nicht wieder mit Ehre, denn die kann er sich sonst wo hin stecken."

Vergeblich suchte er nach einer Antwort, in der das Wort, Ehre, nicht vorkommen würde. Doch leider er konnte es drehen und wenden, immer wieder war die Antwort nur dieses eine Wort und das begann langsam mehr als hohl zu klingen.

„Es schweigt, was ein gutes Zeichen ist. Denn nun beginnt er zu denken. Zu denken darüber warum es von uns nur noch ganz wenige hier gibt, zu denken wie er es wohl den Kindern seiner Kindern erklären will, welch ein Geschöpf der Natur wir waren und wie frei wir uns in den Bergen bewegen konnten. Und wenn keiner von uns mehr für Nachwuchs sorgt und wir gänzlich von der Erde verschwunden sind, wird es dann eine Ehre für euch sein auf die in Stein oder Metall gefertigten Abbilder unserer Art zu schießen?"

„Langsam, langsam, mir raucht langsam der Kopf," versuchte Georgios den Steinbock zu unterbrechen, denn jedes seiner Worte saß genau an der richtigen Stelle und begannen in ihm zu arbeiten, die Gedanken des Jägers in eine andere Richtung zu lenken, die ihm bislang vollkommen unbekannt war.

„Endlich beginnt er zu denken. Vielleicht erschrickt ihn die Gewissheit, dass, wenn wir einmal nicht mehr sind, das Wort Ehre plötzlich eine ganz andere Bedeutung bekommt."

„Es werden andere kommen und versuchen euch zu jagen!"

„Aber nur wenn es niemanden gibt, welcher ihnen zeigt wie falsch dieses Streben ist. Denk darüber nach und schlaf!"

„Georgios, wach auf." Wie aus weiter Ferne hörte er seinen Namen rufen und war sich nicht sicher noch immer in der seltsamen Welt des Kri Kri sich zu befinden. Doch das heftige schütteln an seiner rechten Schulter lies in ihm die Gewissheit aufkommen, doch noch am Leben zu sein. Leicht stöhnte er auf.

„Manolis, schnell er wird wach!" Wieder schüttelte ihn Siffi heftig, dass ihm der Schädel noch mehr brummte, wie ohnehin schon.

„Hör auf mich wie ein Apfelbaum zu schütteln, du Unmensch," flüsterte Georgios und versuchte sich etwas aufzurichten. Über ihn gebeugt, als er vorsichtig die Augen öffnete, kniete sein Freund. „Hilf mir lieber hoch, als mich zu peinigen."

„Na, wenn der solche Sprüche von sich geben kann, dann ist er in Ordnung," kam von Manolis, der plötzlich hinter Siffi stand und zu ihm herunter blickte.

Vorsichtig und mit Unterstützung der beiden anderen Männer konnte sich Georgios endlich in eine sitzende Position begeben. Noch etwas benommen lehnte er mit dem Rücken gegen den großen Felsbrocken.

„Ihr seid aber schnell hier gewesen!" Ein kleines Lächeln huschte über die Lippen des angeschlagenen Jägers.

„Was heißt hier schnell?" Siffi warf einen schnellen Blick zu Manolis, der lediglich die Augenbrauen nach oben zog. „Nachdem du gestern Nacht nicht in die Hütte kamst hatten wir uns natürlich sofort Sorgen gemacht. An dein Mobiltelefon bist du auch nicht gegangen."

„Moment!" Georgios blickte leicht verstört die Beiden an. „Was heißt hier gestern Nacht?" Unwillkürlich schüttelte er leicht den Kopf, was er besser nicht gemacht hätte, denn schon traf ihn ein leichter stechender Schmerz im Hinterkopf.

„Hallo, geht's noch?" Siffi versuchte ein freundliches Gesicht zu machen, obwohl er sich innerlich doch so einige Sorgen um den Freund machte, denn die Wunde an der Stirn sah nicht gerade sehr gut aus, auch wenn das Bluten schon einige Zeit aufgehört hatte. „Du liegst hier auf der faulen Haut, während wir uns Sorgen um dich machen und anstatt uns zu danken, motzt du uns, ganz deine Art an."

„Langsam, langsam." vorsichtig hob Georgios die linke Hand. „Soll das bedeuten, dass ich die ganze Nacht hier gelegen habe?"

„So wie es aussieht, ja," antwortete Manolis und gleich schob er noch eine kleine Stichelei hinterher. „Das Hasenstifado[18] mussten wir beide dann leider ohne dich essen."

---

18 Hasenstifado – ein sehr beliebtes griechisches Fleischgericht mit Hase, viel Zwiebeln, Kartoffeln und einer kräftigen Soße. Es gibt auch, meist für Touristen das Rindstifado, dass jedoch der Kreter nur isst, wenn es keinen Hasen gibt.

„Oh Mann, mir brummt vielleicht der Schädel," unwillkürlich wollte er sich an die Wunde greifen, doch mit einer schnellen Handbewegung unterband dies Siffi.

„Finger weg, du Unglücksrabe. Lass mich erst die Wunde versorgen, dann kannst du von mir aus kratzen bis zum Gehtnichtmehr." Schnell griff Siffi in den neben ihm liegenden kretischen Beutel, holte eine kleine Plastikflasche hervor, was natürlich Raki war und begann mit etwas Zellstoff, was auch in der Tasche vorhanden war, die Wunde zu reinigen.

„Au," mit aufgerissenen Augen blickte Georgios seinen Helfer an. „Geht das vielleicht auch etwas sanfter?"

„Bei dem Dickkopf bin ich mir da nicht so sicher," war die schnelle und schlagfertige Antwort von Siffi. „Und jetzt stellt dich nicht so an wie ein kleines Kind. Sonst bist du doch auch nicht so empfindsam!"

Besser jetzt nichts darauf antworten, dachte sich Georgios, denn er kannte seinen Freund einfach zu gut, dass er in diesem Fall wahrlich den Kürzeren gezogen hätte. Also den brennenden Schmerz aushalten und vor allem die Klappe halten war jetzt angesagt, auch wenn es ihm wahrlich zu denken gab, dass er die ganze Nacht hier bei den Felsen gelegen haben sollte. Unwillkürlich, was er jedoch für sich behielt, kam ihm das seltsame Gespräch mit dem Kri Kri wieder in den Sinn und er fragte sich nun, ob dies tatsächlich stattgefunden hatte, oder doch nur die Folge des Felsschlages war, der ihn unsanft an der Stirn getroffen hatte.

„Wie habt ihr mich eigentlich gefunden," wollte Georgios schlussendlich wissen.

Unwillkürlich kratze sich Siffi am Hinterkopf, denn er wusste wirklich nicht, wie er seinem Freund diese Geschichte erklären sollte, ohne dass dieser ihn für verrückt gehalten hätte, obwohl und darauf hätte er jeden Eid auf die Bibel geschworen, sich alles so abgespielt hatte. Also begann er doch zu erzählen, wobei er genau die Reaktionen seinen Freundes beobachtete.

Halte mich jetzt bitte nicht für verrückt," sehr ernst war der Tonfall von Siffi, der Georgios aufhorchen lies. „Aber ohne diesen verrückten Kri Kri hätten wird dich sicherlich noch stundenlang gesucht."

„Wie bitte? Ich verstehe kein Wort!" Georgios war nun wirklich mehr als verwundert. „Was hat der Kri Kri damit zu tun."

„Wenn ich es selbst nicht gesehen hätte, würde ich ja mit Sicherheit auch an den Worten von Siffi zweifeln," mischte sich nun Manolis ein.

„Himmel. Macht es nicht so spannend." Fast schon genervt von der Verzögerung unterbrach Georgios den anderen Mann und blickte gespannt zu Siffi.

„Also," begann Siffi. „Ich bin ja wirklich so einiges gewöhnt, was Tiere betrifft und ihr Verhalten, doch was dieser Steinbock da veranstaltete, das gibt mir mehr als zu Denken." Unbewusst sah er zu der Spitze des großen Felsbrocken, an dem Georgios immer noch lehnte. „Wir wussten ja, dass du zum Kahlen Hang gegangen bist, doch hatten wir keine Ahnung wo wir mit der Suche beginnen sollen. Steht doch da plötzlich dieser Kri Kri wie auf dem Präsentierteller hier oben auf der Felsenspitze und macht keine Anstalten zu verschwinden, obwohl wir doch wirklich für seine Verhältnisse sehr nah an ihm dran waren."

Siffi lachte leicht auf, blickte zu seinem alten Freund. „Du und deine Flinte ihr hättet euch gefreut. Doch jedes Mal wenn wir uns etwas von dem Felsen hier wegbewegten, veranstaltete der Bock ein Theater, wie ich es noch nie gesehen habe. Er bäumte sich auf, trappelte energisch mit den Vorderhufen auf den Felsen, so dass ich mir dachte, jetzt muss ich doch mal nachsehen, was das Ganze zu bedeuten hat.

Er schüttelte den Kopf, warf noch schnell einen Blick zu Manolis, der heftig mit dem Kopf nickte. „Und wie ich da so auf ihn zu gehe, da sehe ich dich auch schon hier liegen. Und glaube es mir oder nicht," unbewusst rieb sich der Schäfer seinen dunklen Bart. „Als ich wieder hoch sah, da war der Bock verschwunden, gerade so wie eine Fatamorgana."

Georgios sagte kein Wort, dachte nur wieder an das seltsame Gespräch mit den Kri Kri und dessen mahnende, vorwurfsvolle Worte denken. Konnte es sein, so sein nächster Gedanke, dass dies alles, auch der Steinschlag vielleicht von dem Bock ausgegangen war, um ihn, den Jäger wach zu rütteln. Musste er erst von einem Stein am Kopf getroffen zu werden, um zu erkennen, dass er sein ganzes Leben lang einer Illusion nachgerannt war, die wahrlich nichts mit Ehre zu tun hatte.

„Hilf mir hoch," bat er Siffi der sofort ihm die Hand reichte und den noch wackeligen Mann etwas unter die Arme griff. „Lasst uns von hier verschwinden. Von der Jagd habe ich genug!"

„Und was ist mit deiner Flinte," fragte Manolis, der das von dem Steinschlag arg in Mitleidenschaft gezogenes Gewehr in der rechten Hand hielt.

„Gib mal her," Georgios nah das Gewehr entgegen und mit aller Mühe und viel Kraft konnte er das Schießeisen von den tödlichen Patronen befreien. Fast schon ehrwürdig platzierte er die Flinte zwischen zwei Felsbrocken, strich einmal sanft noch mal über den Lauf. „So jetzt können wir gehen und das Ding hier soll mich immer daran erinnern, das ab heute der Kri Kri nicht mehr gejagt sondern gepflegt wird."

„Jetzt haut es mich aber aus den Schuhen." Siffi war nicht nur vollkommen überrascht sondern sogar froh über diese Worte, denn im Grunde genommen war er nie ein Freund der Jagd nach diesem Tier mit der Flinte, eher schon mit dem Fernglas, dass er seit Jahren immer bei sich führte.

Die Weihnachtsgans

Ich bin ganz ehrlich, egal was auch immer andere Menschen vielleicht sagen werden, doch ich bin ein absoluter Fan des Weihnachtsfestes, wenn man das mal so sagen darf, mit diesem neudeutschen Ausdruck. Egal wie, für mich ist es einfach das bestes Fest, dass sich die Menschen, Verzeihung die Christen haben einfallen lassen.

In meinem Leben und durch meine Arbeit hatte ich schon in vielen Ländern dieses Fest erleben können und immer wieder war ich von den verschiedenartigen Bräuchen, Kleinigkeiten begeistert. In Bayern konnte ich stundenlang mir die kunstvoll geschnitzten Krippen bewundern, in Neapel waren es die im Barrockstil gehaltenen Kunstwerke. Krippenfiguren aus Pappmasche, so hoch wie man selbst war und gekleidet als würden sie aus einem alten Bild entsprungen sein. In Schweden war ich von dem Erscheinen der Santa Lucia fasziniert und in den Jahren, die ich in Prag verbrachte legte ich mir eine große Sammlung von auffaltbaren sogenannten „Bethlehemska", den Krippen aus Papier zu.

Der Weihnachtsbaum mit seinem Gehänge, den von mir gesammelten alten böhmischen Glasteilchen, dem Lametta und natürlich durften die duftenden echten Wachskerzen nicht fehlen. Das war Weihnachten, wie ich es mir immer vorstellte und fast immer, leider Gottes nicht immer, jedes Jahr mir verwirklichen konnte.

Am Heiligabend gab es wie schon seid meiner Kindheit gewöhnt die Wiener Würstchen mit Kartoffelsalat, danach Lebkuchen zum Abwinken oder die langsam im Mund zerteilten Dominosteine, mit dem herrlichen Marzipan.

Nicht die Geschenke waren wichtig. Gut als Kind dachte man da natürlich anders. Mir aber ging es an Weihnachten immer darum mit jenen zusammen zu sein, die mir wirklich am Herzen lagen und mit Schmerzen erinnere ich mich an so manche Weihnachten, wie hier auf Kreta, wo ich am Heilig Abend doch alleine vor dem kleinen von mir geschmückten Weihnachtsbaum saß und darüber nachdachte, wie schön es jetzt doch wäre, nicht auf dieser wahrlich schönen Insel zu sein, sondern in dem kalten, vielleicht total verschneiten Deutschland zu sein. Aber man kann halt nicht alles haben.

Doch letztes Weihnachten wollte ich es einfach anders machen. Wenn schon nicht am Ersten Weihnachtsfeiertag, da ja meine Freunde bei ihren Familien waren, so wollte ich wenigstens an meinem Namenstag ihnen ein Weihnachtsessen bereiten, so wie ich es seit meinen frühsten Kindertagen kannte. Eine gefüllte Weihnachtsgans mit Rotkraut.

Himmel, wenn ich das hier jetzt so schreibe, da läuft mir gleich wieder das Wasser im Munde zusammen und irgendwie riecht meine Wohnung, welch ein Unsinn allerdings nach diesem köstlichen Braten.

Also, der Gedanke, der Wille war da, nur fehlte noch die entsprechende Gans. Und schnell erinnerte ich mich an einen der Dorfbewohner auf dessen Gelände außerhalb des Ortes eine große Anzahl von Gänsen frei auf dem Feld frei herum liefen und jeden, der daran vorbei ging mit ihren ohrenbetäubenden Lärm erschreckten. Da wird sich wohl die passende Gans auch für mich finden lassen, so mein Gedanke.

Man kann ja denken was man will, doch meistens kommt es halt doch anders, als man es sich in seinem Kopf vorgestellt hat. So natürlich auch hier.

Ich also froh gelaunt, trotz des kalten nassen Wetters hin zu dem Bauern, der mir gleich, kaum das ich sein Haus betreten hatte, gleich ein Glas des selbstgemachten Raki vor die Nase stellte und man ja nicht unhöflich sein wollte und diesen trank, auch wenn man den ganzen Morgen noch nichts gegessen hatte. Aber solche Ausreden gelten nun mal nichts auf Kreta und daran habe ich mich längst gewöhnt, im Gegensatz zu vielen Touristen, die das nicht verstehen wollen. Eben Touristen, denke ich mir dabei nur.

Gewöhne die eines an habe ich in meiner Zeit auf Kreta gelernt, falle niemals mit der Tür ins Haus. Also erst ein Mal etwas Geplauder, wie ich denn mit meiner Arbeit vorankomme, wie es der Familie in den USA geht und manch anderes, vielleicht für euch Unwichtiges, doch das gehört einfach zum guten Ton und sollte tunlichst auch so beibehalten werden.

Versäume ich es nicht mich ebenfalls nach der Familie des Mannes zu erkundigen und höre, wie ich es eigentlich schon immer kannte, wieder das Klagen des Bauern, dass sein Sohn mit den Enkeln in Lamia lebt, also weit weg von ihm und seiner Frau und gerade mal an Ostern oder für zwei Wochen in den Sommerferien die vier Enkel zu Gesicht bekommt.

Ich nicke nur, denn die meisten der alten Bewohner meines Ortes beklagen sich genau darüber und doch gibt es viele Kinder hier, die dann ausgelassen auf dem großen freien Platz herum tollen, der sowohl Sportplatz als auch Tanzplatz des Ortes ist. Und in den Sommermonaten vervierfacht sich diese Menge und bis spät in den Abend, unter Flutlicht wird wie Beckenbauer oder Ronaldo Fußball gespielt, wobei sie sicherlich nicht annähernd an die beiden erwähnten Fußballspieler heran kommen. Doch egal! Die Hauptsache war doch, sie hatten ihren Spaß.

Nun aber im Winter war der Ort verhältnismäßig leer, hatte aber in einer anderen Weise seinen gewissen Charme der mir gefiel und mich bewog auch in dieser kalten Jahreszeit hier in dem Ort zu bleiben, obwohl ich leider zu den Menschen gehöre, die sehr empfindlich auf Kälte reagieren und es niemals zu heiß, doch immer zu kalt ist.

„Nun, Germanos[19], was führt dich bei einem solchen Wetter zu mir," begann nach ausführlichen Gesprächen der Hausherr.

„Ich würde dir gerne eine Gans abkaufen," war meine unbedarfte Antwort.

Ein seltsamer Blick wurde mir zugeworfen, den ich zunächst nicht einzuordnen wusste. Denn was war schon falsch an meiner Bitte, eine Gans von ihm erwerben zu wollen. Gerade jetzt, wo jeder wegen der vorhandenen schlimmen Wirtschaftskrise jammerte, war doch jeder zusätzliche Euro willkommen.

„Du wohnst doch im Haus der Roula?" fragte mich mein Gegenüber und ich nickte nur. „Wo willst du die Gans denn laufen lassen?"

---

19 Germanos – griechische Bezeichnung für den Deutschen

„Ich will sie ja nicht laufen lassen!" antwortete ich etwas naiv, wobei ich eigentlich schon an den Unterton meines Gegenüber etwas vorsichtiger hätte sein sollen. „Ich wollte einen traditionellen deutschen Gänsebraten für meine Freunde an Weihnachten zubereiten."

„Oh, nein," sehr heftig wurden diese Worte von dem Bauern ausgesprochen, so dass ich fast erschrak und mir überlegte, was ich den falsches gesagt habe. „Meine Gänse werden nicht geschlachtet!"

Jetzt wurde ich wirklich etwas aus der sprichwörtlichen Bahn geworfen und mit einem verwirrten Blick sah ich meinen Gegenüber an. Gleichzeitig dachte ich mir folgendes. Wenn der Mann so viele Gänse auf seinem Grund und Boden hatte, warum züchtete er sie denn, wenn sie nicht geschlachtet werden dürfen. Ich war mehr als verwirrt, wenn nicht zu sagen etwas irritiert.

„Warum züchtest du dann die Gänse?" fragte ich und alleine schon der weitere Blick der mir zugeworfen wurde, ließ in mir den Wunsch entspringen, diese Frage niemals gestellt zu haben.

„Sicherlich nicht um von einem herzlosen Deutschen geschlachtet zu werden." bekam ich als bissige Antwort zurück.

„Ich bin nicht herzlos," gab ich kleinlaut zurück„ Doch bei uns an Weihnachten gehört einfach der Gänsebraten einfach zu Weihnachten."

„Dein deutsches Weihnachten kann mir gestohlen bleiben." Tief holte der Mann Luft, bevor er weitersprach: „Von mir bekommst du auf jeden Fall keine meiner Gänse, damit wir uns verstanden haben."

Oh Gott, dachte ich mir in diesen Momenten, in welch Wespennest habe ich da unbewusst gerade hineingestochen? Hatte ich in Roulas Restaurant nicht auch schon ein Mal einen Gänsebraten gegessen, kam es mir in den Sinn? Ja, hatte ich und deswegen konnte ich die Reaktion des Mannes nicht wirklich verstehen.

In meinem Kopf rauchte es regelrecht, denn ich suchte krampfhaft nach den passenden Argumenten, wie ich den Mann davon überzeugen kann, mir doch die Gans für den ersehnten Braten verkaufen zu können. Doch je mehr ich darüber nachdachte, umso mehr kam die Erinnerung an den Karpfen in Mirkos Wohnung in Prag wieder zum Vorschein.

Damals war es sowohl Frau auch Kinder, die sich mit aller Gewalt dagegen wehrten, dass der Karpfen, der bereits seit einigen Tagen die Badewanne der Familie belegt hatte, das Zeitliche segnete, um als Weihnachtskarpfen auf dem Tisch der Familie zu landen. Keiner, nicht einmal mein Freund Mirko, sonst nicht sehr zimperlich, da ausgebildeter Kampfsportler, brachte es übers Herz, dem Tier den tödlichen Schlag zu versetzen. Und zu guter Letzt gab man ihm am Neujahrs Morgen die Freiheit wieder, in dem man ihn in die Moldau warf.

„Und wer soll das Tier schlachten und rupfen?" wurde ich aus meinen Gedanken gerissen und gleichzeitig wurde mir schmerzlich bewusst, darüber mir niemals Gedanken gemacht zu haben.

Ohne es zu wollen ging mein Blick aus dem Fenster zu der großen Wiese, wo die Gänse frohgelaunt wie es schien durch die Gegend stapften und mir dabei etwas vor die Nase hielten, mit dem ich nicht gerechnet, nein, besser gesagt, an das ich nicht gedacht hatte.

„Lieber Freund, vergiss es." antwortete ich ganz gegen einen inneren Willen, doch aus der Vernunft heraus. „Ich habe es mir anders überlegt." Zaghaft lächelte ich. „Behalte deine Gänse. Ich werde schon etwas anderes finden, was ich an Weihnachten servieren kann."

Draußen, vor dem Haus blieb ich noch einmal kurz stehen, blickte zu den Gänsen mit einem wehmütigen Blick. Doch dann wurde mir bewusst, dass ich, obwohl ich diesen Braten wirklich liebte, mir niemals Gedanken darüber gemacht hatte, was zuerst zu tun war? Nämlich dem armen Tier das Leben zu nehmen.

Zähneknirschend fuhr ich in den nächsten Supermarkt, kaufte Steaks, Bifteki und anderes fleischliches Material zusammen, doch ich fragte die Besitzerin nicht nach einer Gans, denn ich wollte nicht wieder eine kretische Abfuhr erhalten.

Weitere Titel des Autors bei BoD

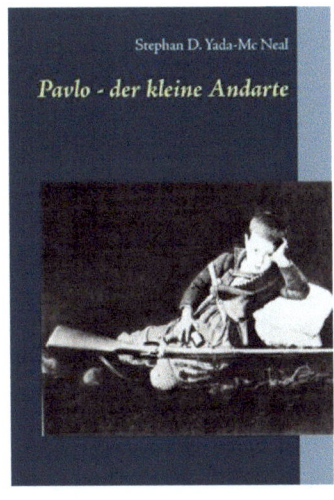